COLLECTION FOLIO

Maryse Condé

Traversée de la Mangrove

Mercure de France

Maryse Condé (de son vrai nom Maryse Philcox) est née le 11 février 1937 à Pointe-à-Pitre (Guadeloupe) d'une famille aisée de huit enfants. Elle a fait ses études secondaires à la Guadeloupe puis au lycée Fénelon à Paris, et ses études supérieures de lettres à la Sorbonne. Elle se marie à un Guinéen et en 1960 part pour l'Afrique où elle enseigne pendant douze ans (en Guinée, au Ghâna et au Sénégal). De retour en France en 1972, elle prépare une thèse de doctorat en littérature comparée à Paris-III sous la direction du professeur René Etiemble. Dès 1975 elle enseigne à l'Université en France et est invitée sur de nombreux campus américains. Si à Paris elle obtient en 1987 le Grand Prix littéraire de la Femme pour *Moi, Tituba sorcière...*, en 1993, elle est la première femme à obtenir aux États-Unis le prix Puterbaugh pour l'ensemble de son œuvre. *Les derniers rois mages* est son huitième ouvrage de fiction. Remariée à un Anglais, Maryse Condé vit aux États-Unis où elle enseigne la littérature antillaise.

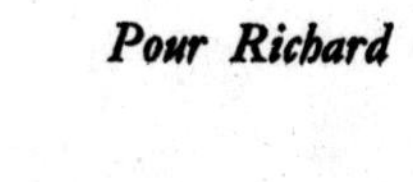

Pour Richard

Le serein

– Mon cœur n'a pas sauté! Mon cœur n'a pas sauté!

Mademoiselle Léocadie Timothée, institutrice en retraite depuis une vingtaine d'années, resta debout une main sur la poitrine, l'autre en cornet à hauteur de la bouche et examina au ralenti les images de ses rêves, remontant jusqu'à cette nuit de la semaine précédente où les souffrances de son corps usé, jointes aux aboiements des chiens de Léo son voisin et aux meuglements de ses vaches au piquet dans la savane attenante à sa propriété, ne lui avaient permis de s'endormir que sur le coup de quatre heures du matin, quand le devant-jour[1] blême et peureux s'était déjà glissé sans bruit entre les persiennes de ses fenêtres. Non. Aucun signe n'émergeait des eaux opaques du sommeil. Comme toujours depuis qu'elle s'enfonçait dans les profondeurs de son âge, elle avait rêvé de sa sœur, morte sans avoir connu elle non plus les aventures du mariage et les joies de la maternité; de sa mère qui les avait connues les unes

1. Aube.

et les autres, toutes deux rendues à leur bonne santé d'avant la maladie et la souffrance, dans une éternelle jeunesse et l'attendant debout à la porte d'entrée, ouverte à deux battants sur la Vie Eternelle.

Pas de doute : c'était lui.

La face enfouie dans la boue grasse, les vêtements souillés, il était reconnaissable à sa carrure, et à sa tignasse bouclée poivre et sel.

L'odeur était épouvantable et Mademoiselle Léocadie Timothée, cœur et estomac sensibles, ne put à son propre dégoût retenir une nausée, un hoquet avant de s'agenouiller à deux genoux et de vomir longuement dans les hautes herbes de Guinée du talus. Comme tous les habitants de Rivière au Sel, elle avait haï celui qui gisait là à ses pieds. Mais la mort est la mort. Quand elle passe, respectez-la!

Elle fit trois signes de la croix, baissa la tête et récita la prière des défunts. Puis, elle regarda autour d'elle, effrayée! Qu'est-ce qui lui avait pris de couper par cette trace[1] qu'elle n'empruntait jamais? Qu'est-ce qui l'avait poussée à buter des deux pieds contre ce cadavre? Chaque jour, une fois que le serein[2] tombait, elle donnait un tour de clé à la maison où elle vivait seule, entourée de souvenirs, de photos, de chats somnolents et d'oiseaux qui bâtissaient leurs nids au creux des abat-jour de ses lampes, et elle allait prendre la fraîcheur, marchant le long d'une ligne droite immuable qui reliait la villa Perrety, trente ans plus tôt belle à faire envie, aujourd'hui délabrée sous les arbres mangés de pié-chans[3], abandonnée par des héritiers qui préféraient mener la vie en métropole, à la Pépinière

1. Chemin de forêt.
2. Soir.
3. Lianes parasites.

Lameaulnes, dont l'entrée était barrée par une grille et un écriteau : « Propriété privée ». Quelle force avait été plus puissante que des années et des années d'habitude?

Forçant son vieux corps, l'aiguillonnant de la terreur qui à présent bouillonnait en elle, elle reprit le chemin du village. Le cœur battant à grands coups, lui emplissant les oreilles de son vacarme, elle remonta la trace et retrouva, noir à présent, entre les fougères arborescentes, vu l'heure avancée, le sentier qui rejoignait la route à la hauteur de la chapelle à Sainte-Marie, Mère de Toutes les Douleurs.

La maison du mort s'élevait un peu en dehors du village, serrée par la forêt qui avait dû s'écarter de mauvaise grâce pendant quelques kilomètres et qui se hâtait, vorace, de reconquérir le terrain perdu. C'était une maison faite de tôle et de planches, alors qu'à travers le pays, avec la défiscalisation, les plus pauvres s'efforçaient de bâtir en béton. On sentait que celui qui l'avait mise debout n'avait aucun souci de ce que les autres pouvaient bien penser de lui. Qu'à ses yeux, une maison, c'était un endroit où on mange, où on s'abrite de la pluie, où on se couche pour dormir. Deux chiens, deux dobermans au pelage couleur de Satan, que l'on avait vus festoyer sur des poules innocentes, se ruèrent en avant, aboyant et dénudant leurs cruels crocs d'ivoire. Aussi Mademoiselle Léocadie s'arrêta-t-elle à la hauteur de la barrière, enflant sa voix cassée pour lancer un prudent :

– Y a quelqu'un?

Un adolescent sortit, le visage fermé comme une porte de prison. Il hurla à l'adresse des bêtes : « Mache, mache! » Et les monstres reculèrent devant plus violent qu'eux. Toujours sans bouger, Mademoiselle Léocadie interrogea :

– Alix, est-ce qu'elle est là?

L'adolescent fit oui de la tête. D'ailleurs, attirée par tout ce sabbat, Vilma elle-même apparaissait sur la galerie. Mademoiselle Léocadie se décida à s'avancer, l'esprit torturé. En effet, comment annoncer à cette jeunesse, à cette enfant qu'elle avait vue baptisée par un beau dimanche en plein mois d'août, elle s'en souvenait, elle s'en souvenait, que son homme gisait dans la boue, crevé comme un chien! Mademoiselle Léocadie n'avait jamais imaginé qu'un jour le Bon Dieu qu'elle priait si dévotement, ne manquant ni vêpres ni rosaire ni mois de Marie, lui enverrait pareille croix, pareille épreuve à la fin de ses vieux jours. Elle bégaya :

– Il n'est pas rentré dormir, pas vrai?

Vilma ne songea même pas à répondre par un mensonge et, les yeux humides de l'eau tiède et salée du chagrin, expliqua :

– Ni la nuit passée ni celle d'avant avant. Ça fait trois nuits. J'ai peur. Maman a envoyé Alix pour dormir avec moi en cas que les douleurs me prennent.

Mademoiselle Léocadie prit son courage à deux mains :

– Laisse-moi entrer, j'ai quelque chose à te dire.

A l'intérieur, elles s'assirent de part et d'autre de la table de bois blanc et Mademoiselle Léocadie commença de parler. Alors, l'eau tiède et salée déborda des yeux de Vilma et coula en rigoles le long de ses joues encore rondes d'enfance. Eau de douleur, eau de deuil. Mais non point de surprise. Car elle le savait depuis le début, que cet homme-là sortirait de sa vie brutalement. Par effraction. Quand Mademoiselle Léocadie eut fini de parler, Vilma resta sans bouger, tassée sur sa chaise, comme si la douleur pesait d'un poids trop lourd sur ses épaules de dix-huit ans. Puis elle se tourna vers Alix qui était entré pendant la conversation, attiré sans doute par cette odeur particulière du malheur, et lui demanda :

– Tu as entendu?

Il fit à nouveau oui de la tête. Il n'éprouvait visiblement d'autre chagrin que celui que lui causait la peine de sa sœur. Vilma ordonna :

– Va dire ça au père!

Alix obéit.

Dehors, la nuit s'était amenée en catimini. Par-delà le noir feuillage des ébéniers et des mahoganys, la crête de la montagne ne se dessinait plus contre le ciel. Dans toutes les cases, l'électricité brillait et les postes de radio beuglaient les Informations sans parvenir à couvrir les pleurs des enfants. Dans un tohu-bohu de paroles sans signification ni utilité, les buveurs étaient assemblés « Chez Christian » et buvaient leur rhum agricole tandis que les joueurs frappaient leurs dés sur les tables de bois. Tout ce bruit, toute cette agitation choquèrent Alix puisque après tout un homme était couché mort dans la boue d'un chemin, même s'il s'agissait d'un homme sur lequel pas un œil, excepté celui de Vilma et de Mira, qui sait? ne verserait une larme. Il entra dans le tapage et la fumée des cigarettes et, avec autorité, frappa dans ses mains. En temps ordinaire, personne n'aurait prêté attention à ce jeunot. Mais debout à l'angle du comptoir sa mine était telle qu'on devinait avant qu'il n'eût ouvert la bouche la qualité des mots qui allaient en tomber. Noirs et pesants comme le deuil. Et c'est dans le silence qu'il annonça :

– Francis Sancher est mort!

Les hommes répétèrent, ceux qui étaient assis se levant debout en désordre, les autres se figeant raides, là où ils étaient.

– Mort?

Sans une parole de plus, Alix leur donna dos. Il savait la question qui allait suivre et à laquelle il ne pouvait pas encore apporter de réponse :

– Qui l'a tué?

Tandis qu'il marchait à grande vitesse vers la maison de ses parents, les hommes, oubliant là leur rhum agricole et leurs dés, se dépêchèrent de partir planter la nouvelle aux quatre coins du village et bientôt les gens sortirent en foule sur le pas de leur porte pour commenter là-dessus, pas saisis cependant, car chacun savait bien qu'un jour quelqu'un lui ferait son affaire, à Francis Sancher!

L'annonce d'Alix se fraya un chemin avec peine dans l'esprit de Moïse dit Maringoin[1], le facteur, non parce qu'il était saoul comme cela lui arrivait un soir sur trois, mais parce qu'il avait été le premier à Rivière au Sel à s'être lié avec Francis Sancher au moment précis où ce dernier était descendu du Car Rapide et avait demandé le chemin de la propriété Alexis, même si à présent il crachait à chaque fois qu'il entendait son nom et avait rallié le camp de ses pires détracteurs. Quand sa signification eut atteint et éclairé chaque recoin de son cerveau, il se mit à trembler comme la feuille sur la branche par jour de grand vent. Ah, il avait donc eu raison d'avoir peur, Francis! Son implacable ennemi l'avait flairé, suivi à la trace, retrouvé, frappé jusque dans l'île de feuillages où il était venu se terrer! Ce n'était donc pas terreur folle et superstitieuse, vivace et surprenante chez un homme de sa condition. Il se mit debout lourdement, les coups de son cœur ébranlant sa carcasse chétive. Puis il se précipita à la suite d'Alix.

1. Moustique.

La lune ferma ses deux yeux d'or quand on retourna sur le dos, face tuméfiée à l'air, le corps pesant de Francis Sancher. Les étoiles firent de même. Aucune clarté ne filtra du ciel muet.

Penchant leurs chaltounés[1], Alix et Alain éclairèrent leurs aînés, Carmélien et Jacques, à genoux dans la mauvaise odeur. Sylvestre Ramsaran, le père, se tenait en retrait, Moïse coulé dans son ombre. Carmélien releva la tête et souffla :

– Il n'y a pas de sang sur lui!

– Pas de sang?

Les six hommes se regardèrent estomaqués. Puis sans plus tarder, Jacques fit glisser le cadavre sur le brancard de bambou et signifia à ses frères de l'aider. Le cortège s'ébranla. Alors, la lune peureuse rouvrit les yeux et illumina chaque recoin du paysage.

Quand le cortège atteignit la maison de Vilma, dans le chemin creux et le jardin, sur la galerie, piétinait déjà une foule de gens, mi-curieux, mi-endeuillés, venus aux nouvelles. Il y avait ceux qui étaient directement concernés. Rosa, la mère de Vilma, les Lameaulnes, Loulou, le propriétaire de la Pépinière, Dinah sa deuxième femme, la Saint-Martinoise, Aristide, son fils, le seul des trois aînés qui était resté travailler à Rivière au Sel et chacun savait bien le pourquoi de la chose, Joby, le premier enfant du deuxième lit, un garçonnet pâlot qui avait fait sa Confirmation l'année passée. Mira, bien sûr, n'était

1. Flambeau.

pas là, mais le contraire aurait étonné, voire choqué. Il y avait toutefois bien d'autres personnes. En fait, à l'exception d'Emmanuel Pélagie qui, sitôt revenu de Dillon, enfermait sa Peugeot à clé dans son garage et ne venait même pas prendre le frais sur sa galerie, tout Rivière au Sel était présent. Même Sonny, le malheureux Sonny, même Désinor l'Haïtien...

A voir les gens si nombreux, on aurait pu conclure à leur hypocrisie. Car tous, à un moment donné, avaient traité Francis de vagabond et de chien et ces derniers ne doivent-ils pas crever dans l'indifférence?

En réalité, les gens se trouvaient principalement là par égard pour les parents de Vilma, les Ramsaran. Ti-Tor Ramsaran, ayant tiré du pied contre son père qui lui refusait des plants de canne à sucre et l'ayant cloué pour trois longs mois sur un lit de l'Hôpital Général de La Pointe, avait mis de la distance entre sa mauvaise action et lui et s'était installé dans cette région qui traditionnellement ne comptait pas d'Indiens la même année que Gabriel, le premier Lameaulnes, un béké de la Martinique, chassé par sa famille parce qu'il s'était marié avec une négresse. Ce devait être en 1904 ou 1905. En tout cas, avant la guerre de 14-18 et bien avant le cyclone de 1928.

Quand Ti-Tor s'était installé, il y avait eu beaucoup de gens pour s'offusquer et chanter méchamment :

« Kouli malaba
Isi dan
Pa peyiw[1] *»*

1. Coolie malabar (injurieux). Ce pays n'est pas le vôtre.

Mais Ti-Tor ne s'était pas occupé et avait gardé les yeux baissés sur les deux hectares de terre qu'il venait d'acheter. Ces deux hectares avaient fait des petits à la génération suivante quand l'Usine Farjol avait fermé ses portes et vendu son domaine morceau par morceau. Rodrigue, le fils de Ti-Tor, en avait acheté vingt autres et les avait plantés en banane puisque la canne ne servait plus à rien dans le pays. Les vieux qui avaient vu la Première Guerre mondiale avaient alors hoché la tête :

– Qu'est-ce que c'est, hein, la Guadeloupe à présent? S'il n'y a plus de canne, il n'y a plus de Guadeloupe!

Nombreux étaient ceux qui, lors de l'acquisition de Rodrigue, s'étaient mis en colère et avaient grogné :

– Depuis quand est-ce que les Indiens font la loi ici?

Car les Ramsaran devenaient de plus en plus riches, Rodrigue s'étant fait bâtir en lieu et place de la case en bois du Nord où il avait ouvert les yeux une villa en béton armé avec un étage, ceinturée d'un balcon à balustrade en fer forgé qu'il avait baptisée « L'Aurélie ».

« L'Aurélie »? Qu'est-ce que cela voulait dire?

Néanmoins les envieux et les malcontents n'allaient pas tarder à piquer de vraies colères quand Carmélien, le petit-fils de Rodrigue et le fils de Sylvestre, était parti étudier la médecine en France. Quoi! Un Ramsaran médecin! Les gens ne savent pas rester à leur place! La place des Ramsaran était dans la terre, canne ou pas! Heureusement, Dieu est grand! Carmélien était revenu en quatrième vitesse de Bordeaux où une maladie l'avait frappé. Ce n'était que justice. Il ne faut pas péter plus haut que ses fesses. En pareil cas, la vie fait son devoir et ramène l'ambitieux à la raison.

On n'avait pas fini de se moquer, surnommant Carmélien par dérision « Doktè », quand il avait fait creuser deux bassins au flanc des terres de son père et s'était mis à élever des ouassous[1]. Ceux qui, enfants, les avaient pêchées à la main au fond des trous d'eau glacée des rivières commencèrent par déclarer que ces espèces de culture-là ne valaient pas le piment et les cives pour les assaisonner, mais ils durent fermer leurs bouches quand tous les hôtels pour touristes, d'aussi loin que Le Gosier et Saint-François, passèrent des commandes, que Carmélien assura les livraisons dans une camionnette Toyota et qu'un soir à la télévision, Télé-Guadeloupe soi-même, on vit apparaître entre les éloges coutumiers des produits de France une publicité qui martelait :

« Dîners de fête. Repas d'Affaires.
Noces. Banquets.
Achetez local. Achetez ouassous Ramsaran. »

Le plus estomaqué et le plus irrité de tous à Rivière au Sel fut certainement Loulou Lameaulnes qui, à l'instar de ses parents et grands-parents, jouait au seigneur derrière la grille arrogante de la Pépinière que couvraient en saison les fleurs mauves de la liane-Julie et oranges de l'hibiscus-trompette. Lui-même avait pensé à une publicité télévisée pour ses fleurs et ses plantes. Puis il s'était dit que c'était là procédé de Blancs qu'il fallait laisser aux Blancs. Or ne voilà-t-il pas que ce petit Carmélien qu'il avait vu naître la même année que Kléber, son deuxième garçon, lui damait le pion.

1. Ecrevisses.

En dépit de ces petites tensions, aigreurs, jalousies, les Ramsaran étaient respectés, toujours présents aux cérémonies, ne rechignant jamais à lâcher un gros billet pour la fête annuelle et le défilé du Carnaval. Enfin, si certains d'entre eux avaient gardé leur sang pur et avaient été chercher leurs compagnes aux Grands Fonds dont ils étaient originaires, nombreux étaient ceux qui s'étaient mariés dans des familles nègres ou mulâtres de la région. Ainsi des liens de sang s'étaient tissés.

Vers neuf heures et la lune se reposait derrière un nuage couleur d'encre qui bientôt, on le sentait, allait crever en eau, alors que Monsieur Démocrite, le directeur de l'école, avait donné permission d'aller chercher la bâche qui servait à abriter le terrain de football, le docteur Martin arriva de Petit Bourg au volant de sa luxueuse B.M.W. et s'enferma un long moment seul à seul avec le mort. Quand il ressortit, on ne put rien lire sur son visage. Il alla téléphoner de chez Dodose Pélagie qui resta vainement debout derrière la porte pour surprendre la conversation. A l'en croire, en dépit des apparences, même s'il n'y avait ni sang ni blessure sur le corps, cette mort ne pouvait être naturelle. Vers dix heures donc, une ambulance s'amena, dispersant les curieux à grands coups de klaxon et, pendant trois jours et trois nuits, le corps de Francis Sancher traîna sur le marbre froid des tables d'autopsie, jusqu'à ce qu'un médecin appelé de La Pointe en désespoir de cause fût formel. Il ne fallait pas se laisser enfiévrer l'esprit par des propos de villageois amateurs de rhum agricole. Chercher midi à quatorze heures. Couper les cheveux en quatre. Rupture d'anévrisme. Ces accidents-là sont fréquents chez les sujets sanguins et qui consomment leur trop-plein d'alcool.

Alors, l'après-midi du quatrième jour, Francis

Sancher revint chez lui, non plus campé sur ses deux pieds et dominant tous les hommes, même les plus hauts, de sa stature, mais allongé dans la prison de bois verni clair d'un cercueil dont le dessus était vitré, de telle sorte que l'on apercevait pour quelques heures encore sa belle gueule carrée. On posa le cercueil sur le lit, couvert de fleurs fraîches venues à profusion de la Pépinière, dans la plus grande des deux chambres à coucher, sous les trois poutres « Pain, Vin, Misère » qui de son vivant avaient été les témoins des ébats féconds de Francis Sancher avec ses femmes successives et que le balai ne dérangeait jamais. Tandis que les hommes restaient assis sur des bancs, s'abritant de l'eau qui tombait à verse du toit cassé du ciel sous la bâche de Monsieur Démocrite, rigolant et racontant leurs blagues, les femmes s'affairaient, faisant cuire de la soupe grasse avec la viande de bœuf que les Ramsaran des Grands Fonds, riches éleveurs, avaient apportée à leurs parents dans le deuil, servant des tournées de rhum agricole, se disposant en cercle pieux autour du lit funéraire pour réciter les prières.

Vers seize heures, Mira, que l'on n'avait pas vue depuis son accouchement, apparut, rendue à sa beauté étincelante d'avant sa honte, amaigrie quand même, marchant à pas retenus comme si elle luttait avec son cœur et ne parvenait qu'à grand-peine à dominer ses soubresauts. A son entrée, il y eut un grand mouvement de curiosité. Toutes les têtes se levèrent, tous les yeux se braquèrent, tous les doigts oublièrent de rouler les grains des chapelets. Comment, comment allait-elle se comporter devant celle qui s'était glissée dans la même couche qu'elle? Cependant tous ceux et toutes celles qui espéraient un scandale sacrilège en un pareil moment, qui imaginaient déjà dans leur tête une scène choquante à raconter au cours des soirées à venir en furent pour les frais de leur avidité. Mira ne regarda ni à droite ni à gauche, se contenta de fixer sans colère, avec une infinie compassion, le visage de celui qui l'avait bafouée, puis prit sa place dans le cercle pieux des prieuses.

« Il y a un temps pour tout; il y a sous le ciel un moment pour chaque chose. Il y a un temps pour naître et pour mourir; un temps pour planter et un temps pour arracher ce qui a été planté; un temps pour tuer et un temps pour guérir; un temps pour gémir et un temps pour sauter de joie. Il y a un temps pour jeter des pierres et un temps pour les ramasser. »

Le ciel commença de noircir.

Peu après Mira, arrivèrent de Petit Bourg Lucien Evariste, dit l'Ecrivain bien qu'il n'eût rien écrit, et Emile Etienne, dit l'Historien, bien qu'il n'eût publié qu'une brochure que personne n'avait lue « Parlons de Petit Bourg », le premier par le Car Rapide « Christ, tu es le Roi » qui fit un détour et coupa son moteur pour s'arrêter en douceur sous la voûte des arbres, le chauffeur escamotant un signe de la croix, le second conduisant sa familière Peugeot. Ils avaient été tous deux grands amis de Francis Sancher, ce qui n'étonnait personne dans le cas de Lucien, tête brûlée et briseur du cœur de sa mère, mais choquait fort dans le cas d'Emile que son métier aurait dû inciter à plus de sérieux.

A quel moment s'aperçut-on de la présence de Xantippe, rencogné dans un angle de la galerie, immobile, silencieux, les yeux rougeoyant comme des braises sous un canari? Depuis combien de temps était-il là? Quand était-il arrivé? Personne n'aurait su se prononcer. Cela lui ressemblait bien de se glisser sans bruit parmi les gens. C'était comme lorsqu'il s'était installé dans les environs de Rivière au Sel. Peu après l'arrivée de Francis Sancher, un mois d'octobre où la pluie n'était jamais lasse. Un beau jour, on l'avait vu qui tout tranquillement mettait des tuteurs à une pièce d'ignames et on avait su qu'il habitait aux Trois Chemins de Bois Sec dans une masure où autrefois, avant que le Butagaz ne frappe à mort leur commerce, deux charbonniers, Justinien et Josyna, s'abritaient une fois le mois pour faire flamber le campêche.

La masure faite de tôles rapiécées était basse de plafond, prenant le jour par une unique ouverture. Comment un vivant pouvait-il y prendre refuge? La présence de Xantippe créait toujours un réel malaise. Immédiatement, les bruits s'éteignirent dans un lac glacé de silence et certains envisagèrent de le pousser aux épaules. Toutefois, on ne verrouille pas la porte d'une veillée. Elle reste grande ouverte pour que chacun s'y engouffre. Bientôt donc, certains reprirent leurs blagues et leurs rires. D'autres en silence se mirent à penser à Francis Sancher, suçotant leurs souvenirs comme des dents creuses.

Au-dehors, attachés aux ébéniers, les deux dobermans qui avaient adoré leur maître et que personne n'avait songé à nourrir hurlaient sans arrêt de faim et de désespoir.

Et la lune brillait fière derrière le rideau mouillé de la pluie.

La nuit

MOÏSE, DIT MARINGOIN, LE FACTEUR

« Je suis le premier qui ait connu son vrai nom. » Moïse se répétait ces mots comme s'ils lui conféraient un droit sur le défunt, droit qu'il ne consentait à partager ni avec les deux femmes qui l'avaient aimé, ni avec les deux enfants qu'il avait plantés dans leurs ventres, celui qui poussait déjà dru sans père sous le soleil, celui qui se préparait à faire son entrée d'orphelin dans le monde avec pour tout bien ses deux yeux pour pleurer.

Il se croyait aussi une des seules personnes à savoir pourquoi Francis avait choisi de s'enfermer dans la calebasse de cette petite île que ballottait la mauvaise humeur de l'océan. Non pas que ce dernier lui eût fait la moindre confidence. Non! Il avait cru deviner la vérité au travers du flot de paroles à demi incompréhensibles qu'il débitait les soirs où, après avoir pourtant bu jusqu'à plus soif « Chez Christian », ils arrosaient au rhum le restant de la nuit jusqu'à ce que le soleil surgissant d'entre les montagnes leur signifie que le devant-jour s'avançait. Quand il était avec Francis, Moïse n'ouvrait pas la bouche. Premièrement, parce que l'autre ne l'écoutait pas. Deuxièmement, parce que tout ce qu'il aurait pu raconter, et même inventer, aurait semblé fade et sans sel, comparé aux fantaisies épicées que Francis, moulin à paroles, servait jour après jour.

Avant d'avoir rencontré Francis, Moïse faisait son intéressant parce que les femmes lui barraient l'entrée de leurs cœurs et de leurs couches, que les hommes se moquaient de lui et qu'au fil des années ses rêves avaient séché comme pié-bwa[1] en Carême.

Après cette rencontre, il avait commencé par s'imaginer que la vie allait prendre un autre goût, que les feuilles allaient verdir à l'arbre de demain.

Jusqu'au jour où il avait dû comprendre qu'il s'était monté la tête, que Francis n'était rien qu'une bête aux abois venue se terrer au fond d'un trou pour mourir! Il s'en souvenait du midi lumineux où il l'avait vu pour la première fois. Il terminait la tournée qui le menait chaque matin de la poste de Petit Bourg au Trou au Chien, puis à Mombin, Dillon, Petite Savane, Rousses, Bois l'Etang et qui se terminait à Rivière au Sel où il avait son chez-lui et même un garage en planches pour abriter la camionnette jaune de la poste. Un facteur, c'est l'homme à tout un chacun.

A force de boire des secs[2] dans toutes les maisons où il s'arrêtait soit pour payer les mandats expédiés par des enfants en métropole, soit pour distribuer des catalogues de La Redoute à Roubaix et des Trois Suisses, il était un peu parti, pas vraiment saoul, juste assez pour oublier les vieilles blessures et dévaler les routes en chantant et jouant du klaxon.

C'est alors qu'il avait vu cet homme corpulent, massif, haut comme un mahogany, le poil abondant,

1. Arbre.
2. Rhum sans sucre.

bouclé et déjà grisonnant qui parlementait avec Madame Mondésir debout sur sa galerie. A la figure de Madame Mondésir, on devinait ce qu'elle pensait. D'où sortait-il, cet homme-là? Est-ce qu'on répond aux questions de quelqu'un qu'on ne connaît ni d'Eve ni d'Adam? Finalement, le mahogany s'était mis en mouvement, faisant tressauter sur le goudron de la route une malle de fer verte, fixée sur des roulettes. Moïse avait appuyé sur l'accélérateur et, l'ayant rejoint, avait lancé :

– Sa ou fè? Ola ou kaye kon sa[1]?

L'inconnu avait posé sur lui un regard d'incompréhension et Moïse, fixé au moins sur un point, ce n'était pas un Guadeloupéen, car même les négropolitains[2] qui depuis des années jaunissent leur cuir par les hivers sans soleil de la banlieue parisienne savent ce que ces phrases-là veulent dire, avait repris :

– Monte! Le soleil est chaud! Où vas-tu comme ça?

– Tu connais la propriété Alexis?

La propriété Alexis? Moïse crut avoir mal entendu. Puis cela lui sembla vrai bon signe que les premières paroles de cet homme-là forment une question peu ordinaire, brave et de défi. Il ouvrit la portière, répétant :

– Monte!

C'était vers les années 50, peut-être un peu avant, juste après la fin de la guerre, que le fils Alexis, ayant enterré ses parents, avait mis en vente tout l'avoir que leur avaient procuré leurs deux belles soldes d'instituteurs de première classe. C'est sans difficulté qu'il avait trouvé acquéreur pour leur maison haute

1. Comment vas-tu? Où vas-tu?

2. Antillais ayant longtemps vécu en « métropole », c'est-à-dire en France.

et basse de Petit Bourg, située juste en face de la caserne des pompiers, où depuis le jeune docteur Tiburce, sorti des hôpitaux de Toulouse, s'était installé. Quant à la maison de changement d'air de Rivière au Sel, entourée pourtant d'un verger de 3 000 m² que le défunt avait planté en orangers, en pamplemoussiers, et qui donnait des letchis si doux sucré, rien à faire. L'écriteau « Propriété à vendre » resta à prendre le soleil et la pluie des années entières, si bien qu'un beau jour il tomba en poussière par terre et qu'on l'oublia.

Au début, la propriété Alexis sembla un cadeau du Bon Dieu. En saison, les enfants revenant de l'école faisaient un détour pour viser et jeter à coups de pierres des mangues Julie ou Amélie. Les nécessiteux allaient gauler le fruit à pain de leur migan[1] ou cueillir la fig[2] de leurs tripes. A Noël, on y attachait les cochons à engraisser. Puis brusquement tout se gâta.

Enfants et adultes qui s'y aventurèrent prirent leurs jambes à leur cou, grelottant, bredouillant, incapables d'expliquer clairement ce qu'ils avaient ressenti. Ils avaient eu l'impression que l'œil malfaisant d'une bête invisible ou d'un esprit s'était vrillé en eux. Qu'une force les avait poussés aux épaules et envoyés valdinguer jusque sur le goudron de la route. Qu'une voix avait hurlé en silence des injures et des menaces à leurs oreilles. On commença à éviter l'endroit. C'est alors qu'ignorant sans doute toutes ces rumeurs et ces frayeurs qui commençaient de s'amasser en nuages noirs, trois ouvriers agricoles haïtiens qui avaient trouvé du travail à la Pépinière avaient défoncé la porte d'entrée de la maison et étalé

1. Plat antillais.
2. Banane verte.

leur cabane[1] sur le plancher de la salle à manger. Quand, après trois jours, ils ne s'étaient toujours pas présentés au travail, Loulou avait dépêché un contremaître pour leur sonner les cloches. Celui-ci les avait trouvés raides morts dans leurs haillons, une langue noire leur pointant entre les dents. C'est à grand-peine qu'on avait pu trouver des fossoyeurs pour les descendre en terre et un curé pour réciter le « De profundis ».

Moïse crut donc deviner que ce mahogany d'homme avait croisé et affronté des esprits autrement inquiétants que ceux qui hantaient la propriété Alexis. L'inconnu prit la parole, assaisonnant chaque mot d'un fort accent étranger, espagnol, se dit Moïse qui avait entendu des Cubains parler à Miami :

– Tu es le facteur, pas vrai? Ce n'est donc pas la peine que je te raconte des histoires. Je m'appelle Francisco Alvarez-Sanchez. Si tu reçois des lettres à ce nom-là, ce sont les miennes. Autrement, pour tout le monde ici, je suis Francis Sancher. Compris?

Moïse rata de peu une poule stupide qui courait avec sa couvée au beau milieu du chemin et osa s'exclamer :

– Francisco Alvarez-Sanchez? Dans quel pays as-tu été chercher ce nom-là?

– Pose pas de questions! La vérité pourrait t'écorcher les oreilles.

Moïse ne pipa plus mot.

Arrivé devant la propriété Alexis, Francisco, ou plutôt Francis, extirpa sa carcasse de la voiture et resta debout de toute sa hauteur à examiner son bien. Puis il se tourna vers Moïse et railla :

– Il faudrait un bon charpentier, pas vrai?

1. Lit fait de haillons posés à même le sol.

Moïse sortit à son tour de la voiture et les mots se bousculèrent dans sa bouche :

– Inutile, tu n'en trouveras pas ! Personne n'acceptera de travailler ici. Mais moi je t'aiderai ! Je t'aiderai !

Les gens prétendent que la première nuit que Francis Sancher passa à Rivière au Sel, le vent enragé descendit de la montagne, hurlant, piétinant les bananeraies et jetant par terre les tuteurs des jeunes ignames. Puis qu'il sauta sur le dos de la mer qui dormait paisible et la fouetta, la tailladant de creux de plusieurs mètres.

Mais les gens racontent n'importe quoi.

Moïse pouvait affirmer qu'il n'en fut rien. Cette nuit-là, même la brise ne soufflait pas. La nuit était claire comme le grand jour. La lune mirait sa face joufflue dans le miroir des mares et des rivières. Les crapauds enfoncés jusqu'à mi-corps dans la boue s'entêtaient à demander de l'eau, toujours de l'eau. Moïse tétait sa pipe dans son hamac. Ce n'était pas l'envie d'un corps de femme qui le tourmentait, comme chaque nuit. C'étaient ces rêves qui repoussaient racines. Vers neuf heures, il n'y tint plus. Il sauta par terre, empoigna une bouteille de rhum Montebello et prit le chemin de la propriété Alexis.

On commença par trouver drôle l'amitié entre Moïse et ce Francis Sancher qui sortait on ne sait d'où. Le premier soir où les deux hommes entrèrent prendre un coup de rhum « Chez Christian », les habitués eurent envie de les pousser dehors. Néanmoins, la largeur des épaules de Francis étant celle d'un établi de menuisier, on se borna à murmurer sournoisement derrière son dos. Certains se dirent qu'ils allaient faire la leçon à Moïse. Puis ils se rappelèrent que dans sa famille on avait toujours eu un sérieux grain. Le père, Sonson, qui avait fait semblant de partir à la Dissidence comme tous les garçons de sa génération, avait en réalité pris la tangente et coulé des jours tranquilles dans une île d'où il était revenu, la guerre finie, et ses parents le pleurant mort ou disparu, avec Shawn, une femme chinoise qui jusqu'à sa mort n'avait pas su donner convenablement le bonjour à ses voisines. Le frère aîné, Valère, était parti travailler dans le pétrole au Venezuela et on n'avait plus entendu parler de lui. Moïse lui-même avait quitté l'école où il travaillait bien, pour devenir quoi? Boxeur! Trois fois par semaine, il descendait à La Pointe prendre les leçons d'un dénommé Doudou Sugar Robinson qui se disait américain de Washington DC, mais qu'on savait natif-natal du Moule. Après un voyage avec son manager à Miami, il s'était mis à arrêter tout un chacun pour lui farcir la tête d'histoires sur l'Amérique. Grand beau pays où les Nègres faisaient la loi sur les rings. On le croyait à tout moment prêt à sauter dans un avion pour retourner là d'où il venait, quand il avait passé son permis de conduire et s'était fait embaucher à la Poste.

Une fois là, au lieu de faire son trou, il s'était mêlé de syndicalisme. On le voyait marcher au pas à toutes les manifestations en brandissant des pancartes : « La lutte continue... » Jusqu'au jour où un avertissement disciplinaire l'avait fait tenir tranquille. Il s'était borné, après cela, à prendre soin de sa mère, puisque sa sœur Adèle avait quitté la maison pour se marier avec un bon à rien, qui n'en avait qu'à sa peau claire, et pas à dire, il l'avait bien entourée, Shawn, jusqu'à sa mort.

C'est en fin de compte avec des haussements d'épaules que les gens de Rivière au Sel virent les deux nouveaux inséparables grimper sur des échelles pour mettre des pièces au toit, arrondir tant bien que mal les coudes des gouttières, cimenter les carreaux de la galerie, désherber la propriété, planter un jardin potager. Tomates. Gombos. Cives. Piment. Car Moïse avait eu raison. Francis avait eu beau battre les villages environnants en montrant la couleur de son argent, s'enrouer à téléphoner à travers l'île, il n'avait trouvé personne, pas même un clandestin haïtien, pour l'aider à remettre son bien en état.

Les premiers temps, quand vraiment la maison n'était pas habitable, les rats se terrant au fond de trous et les chauves-souris couinant dans les anfractuosités de la tôle, Francis dormait chez Moïse, tétant la pipe avec lui, après avoir partagé le manger qu'Adèle faisait cuire et lui envoyait deux fois par jour, respectant les recommandations de sa défunte mère.

Quand la maison fut sur ses pieds, mais elle n'avait pas fière allure et Marval le charpentier s'en moquait ouvertement, ce fut Moïse qui vint y dormir et y boire des nuits entières. Faut-il le dire? Les méchants ricanèrent. Cette amitié-là avait sale odeur et les deux hommes étaient des makoumé[1] ! Pour sûr !

Nombreux étaient ceux dans ce village guère dévot, mais perdu au fin fond des bois et de ce fait ignorant des vices courants dans les villes, qui n'avaient jamais vu de makoumé, à part Sirop Batterie qui s'habillait en femme les jours de Carnaval à Petit Bourg. Ils examinèrent les compères avec incrédulité. Moïse, passe encore ! Mais Francis ! Il n'en avait pas l'air ! Néanmoins la plante malfaisante de cette médisance crût et fleurit dans le terreau du village et ne s'étiola que lorsque éclata la nouvelle de l'affaire avec Mira. Un violeur de femmes peut-il en même temps être un makoumé ? Peut-on avoir goût aux femmes et en même temps aux hommes ? On en discute encore « Chez Christian » à Rivière au Sel. Pourtant ce qui dégoûta les habitants de Rivière au Sel et les monta contre Francis, ce ne furent pas ces douteuses relations avec Moïse. Ce ne fut même pas cette affaire de viol. Ce fut qu'il ne fit rien de ses dix doigts. Traditionnellement, les gens de Rivière au Sel étaient des travailleurs du bois. Dans le temps, certains partaient à l'assaut des géants de la forêt dense. Ils vous couchaient et vous débitaient des acomat-boucan, des bois-rada ou des gommiers blancs en un tournemain. D'autres excellaient à la construction et vous mettaient debout une charpente de bois rouge carapate. D'autres enfin qui se murmuraient leurs secrets de bouches de père à oreilles de fils, les maîtres ébénistes, vous sculptaient des commodes d'acajou ou de bois de rose, des lits de courbaril et des guéridons de laurier-rose délicatement incrustés de magnolia. Ces jours-là ne sont plus, hélas, depuis que la Guadeloupe marâtre ne

1. Homosexuels.

nourrit plus ses enfants et que tant d'entre eux se gèlent les pieds en région parisienne. Pourtant là où ils sont, les fils de Rivière au Sel gardent la religion du travail. Dans les tristes officines ou les chaînes de montage automobile où ils peinent, ils se rappellent qui ils sont. Que faisait Francis?

Il installa une table de bois blanc sur sa galerie, posa dessus une machine à écrire et s'assit derrière elle. Quand les gens, surpris et démangés par la curiosité, arrêtèrent la camionnette de Moïse pour lui demander ce qu'il faisait là, ils s'entendirent répondre que c'était écrivain. Ecrivain? Qu'est-ce qu'un écrivain?

La seule personne à qui on donnait ce titre était Lucien Evariste et c'était en grande partie par moquerie. Parce que depuis son retour de Paris, il ne perdait pas une occasion de raconter qu'il travaillait à un roman. Un écrivain, est-ce donc un fainéant, assis à l'ombre de sa galerie, fixant la crête des montagnes des heures durant pendant que les autres suent leur sueur sous le chaud soleil du Bon Dieu? En même temps, Francis Sancher ne semblait manquer de rien. Chaque jour des camions filaient à travers Rivière au Sel pour lui livrer un frigidaire, un téléviseur, une chaîne hi-fi. Le clou fut le jour où une voiture portant en caractères rouges l'inscription « CHENIL MAZUREL-ANIMAUX EN TOUT GENRE », vrombit à travers le village en plein midi et livra les deux dobermans, alors guère plus gros que des chatons, mais déjà rapaces, avides du sang frais versé des bêtes innocentes, et les voisins durent enfermer leur volaille dans la prison des basses-cours. C'est cela un écrivain? Allons donc!

Les histoires les plus folles se mirent à circuler. En réalité, Francis Sancher aurait tué un homme dans son pays et aurait empoché son magot. Ce serait un trafiquant de drogue dure, un de ceux que la police, postée à Marie-Galante, recherchait en vain. Un trafiquant d'armes ravitaillant les guérillas de l'Amérique latine. Personne n'apportant la moindre preuve à ces accusations, les esprits s'enfiévraient. Ce qui était sûr, c'est que les revenus de Francis Sancher étaient d'origine louche.

Moïse ne prêtait aucune attention à ces horreurs que les gens se chuchotaient et ne prenait même pas la peine de les répéter à Francis Sancher. Celui-ci semblait ignorer en quelle estime on le tenait et s'obstinait à distribuer sourires et bonjours par-ci, par-là. Seul celui qui a vécu entre les quatre murs d'une petite communauté connaît sa méchanceté et sa peur de l'étranger.

Quand il remontait à l'orée de ses souvenirs et se voyait petit garçon, trottinant sur des jambes en cerceaux à la poursuite des papillons, Moïse entendait les gens longeant la haie de sang-dragons de ses parents s'arrêter pour le considérer et laisser tomber à portée de l'oreille de Shawn :

– Déchet de matrice!

– Ta la lèd pa méchansté[1]!

A l'école, la maîtresse l'oubliait, mi-Chinois mi-Nègre, perdu dans son sommeil tant et si bien que les rares fois où elle lui adressait la parole, il restait sans voix, tentant d'écarquiller les yeux tandis que les autres enfants ricanaient. Quand il ne put plus apaiser les désirs de son corps, il se glissa auprès d'Angélica, une dame-gabrielle[2] échouée à Rivière au Sel au terme d'on ne sait quel parcours méandreux. Mais elle le repoussa :

1. Celui-là est vraiment affreux!
2. Prostituée.

– Si je te prends, qu'est-ce que les autres vont dire?

Il était rentré chez lui, le cœur lourd de fureur et de regret et, dès lors, avait vécu seul.

Oui, il n'avait connu que cela, la méchanceté du cœur des hommes!

A présent qu'importe! Il avait un ami, plus qu'un ami, un enfant! Car dès les premières semaines de leur vie en commun, il s'était rendu compte que Francis Sancher n'était pas du tout ce qu'il s'imaginait. Le pié-bwa à l'ombre duquel il pourrait éclore! L'esprit n'était pas taillé à la mesure du corps. Francis Sancher était faible et gémissant, apeuré comme un dernier venu dans la cour tumultueuse de l'école, un nouveau-né débarquant dans le monde des vivants. Ses sommeils n'étaient pas des voyages en paradis, mais des combats avec des invisibles qui, à en juger par ses cris, enfonçaient des pointes rougies à la braise dans les recoins de son âme. La première nuit qu'ils avaient dormi sous le même toit, Moïse n'était pas près de l'oublier.

Il lui avait donné la chambre, exposée au sud, c'est-à-dire bien ensoleillée, où sa mère avait dormi ses sommeils de femme seule avant de passer sans bruit comme elle avait vécu. Sonson, le père, n'avait jamais pris la peine d'expliquer pourquoi, en rade de Roseau, il avait brûlé la politesse à ses bouillants compagnons qui allaient donner un coup de main à de Gaulle contre les Allemands et avait continué jusqu'à la Jamaïque. Avait-il eu peur? Avait-il compris à la dernière minute qu'il allait se faire trouer la peau pour des histoires de Blancs? Il n'avait jamais pris la peine d'expliquer non plus où et comment il avait rencontré cette Chinoise sans âge qui, pour leur malheur, avait légué à ses trois enfants son corps maigrichon, son visage sans relief et ses yeux à peine fendus, qu'il ne regardait pas plus qu'un meuble dans la maison, jusqu'au matin où il était parti pour son travail et n'était pas revenu. Shawn l'avait attendu une semaine, à peine plus silencieuse. Puis, les yeux secs, elle était allée chercher du travail chez les Lameaulnes. Moïse avait grandi dans l'odeur de leur linge sale que sa mère lavait à domicile.

Il était passé minuit. Une ou deux heures du matin. Les chiens et les vaches avaient cessé d'interpeller les échos. Les chauves-souris n'avaient pas fini leur bal et ne s'étaient pas décidées, recrues de fatigue, à se reposer sous la tôle des toits. Soudain, il avait entendu un hurlement à vous cailler le sang dans les veines, suivi de hoquets et de gémissements. Sa première pensée avait été qu'un voisin avait la bizarre idée d'égorger son porc dans le mitan de la nuit. Puis il avait réalisé que ce vacarme faisait vibrer la cloison derrière la tête de son lit et venait par conséquent de la pièce voisine. Il s'était précipité et avait trouvé Francis, les yeux fous, hurlant des phrases sans signification :

– On ne peut pas mentir à son sang ! On ne peut pas changer de camp ! Troquer un rôle pour un autre. Rompre la chaîne de galère. J'ai essayé de le faire et tu vois, cela n'a rien changé.

Après tout, ce n'est que justice. Si le soleil se levait de l'autre côté du monde, fertilisant d'abord l'ouest puis l'est, comment marcherait le monde ? Peut-être que tout se passerait comme dans ce conte où les fleurs poussent racines à l'air, où le corps des hommes se réchauffe avant de refroidir une fois pour toutes et où la parole est donnée au plus sage, c'est-à-dire à l'animal ?... Toi, tu crois que nous naissons le jour où nous naissons ? Où nous atterrissons, gluants, les yeux bandés, entre les mains d'une sage-femme ? Moi, je te dis que nous naissons bien avant cela. A peine la première gorgée d'air avalée, nous sommes déjà comptables de tous les péchés originels, de tous les péchés par action et par omission, de tous les péchés véniels et mortels, commis par des hommes et des femmes retournés depuis longtemps en poussière, mais qui laissent leurs crimes intacts en nous. J'ai cru que je pouvais échapper à la punition! Je n'y suis pas arrivé!

Moïse avait dû le prendre dans ses bras comme l'enfant qu'il n'aurait jamais, et lui chanter une de ces berceuses que, dans le temps, Shawn lui chantait :

« *La ro dan bwa*
Ti ni an jupa
Peson pa savé ki sa ki adanye
Sé an zombi kalanda
Ki ka manjé...[1] »

Aux petites heures du matin, Francis avait fini par se rendormir, agité, suant, comme un malade atteint de la dengue[2]. A l'heure tranquille du café, Moïse avait osé :

– Si tu me disais ce qui pèse grand poids sur ton cœur? C'est pour cela qu'ils sont faits, les amis! Pour partager les ennuis que cause cette garce de vie!

Francis Sancher n'avait pas ouvert la bouche. Le lendemain, pas découragé, Moïse avait poussé plus loin l'interrogatoire :

– Tu m'as dit que pour voyager, tu as beaucoup voyagé! Est-ce que tu as été en Afrique? On raconte

1. « Là-haut dans les bois
Il y a un ajoupa
Personne ne sait qui y habite
C'est un zombie kalanda
Qui mange... »
2. Sorte de malaria.

que là-bas, sur la terre de tôle ondulée, hommes et vaches se couchent pour mourir de la même soif. En Amérique? As-tu été en Amérique? Quand j'avais dix-sept ans, je suis allé à Miami avec mon entraîneur, car je voulais faire de la boxe. Ah, là-bas, ce n'est pas comme ici! A force de se battre à coups de pied et de dents, les Nègres arrivent en haut de l'échelle. Tu sais, chacun a son auto qui le conduit, docile comme un chien...

Francis Sancher l'avait interrompu, brutal :

– Ne parle pas de ce que tu ne connais pas, man! J'ai vécu en Amérique et je peux te dire, moi, ce qui s'y passe.

Blessé comme du temps où les enfants lui donnaient du kouni a manman-aw[1] à l'école, Moïse n'avait plus dit un mot.

Un après-midi, rentrant chez Francis Sancher, quelle ne fut pas sa surprise de le trouver en compagnie d'Emile Etienne dit l'Historien. Quand et où ces deux-là s'étaient-ils rencontrés? La curiosité dévora Moïse et il aurait bien aimé jeter son grain de sel dans la conversation. Mais les deux hommes l'ignorèrent et il dut se plonger dans la lecture d'un *France-Antilles,* vieux d'une semaine.

Les gens prétendent que c'est Mira, Mira Lameaulnes comme tout le monde l'appelait bien qu'elle n'eût aucun droit à ce nom, qui apporta la fâcherie entre Francis Sancher et Moïse. Selon eux, Moïse, ayant flairé l'odeur de la femme sur le linge

1. Injure très grave.

de corps de son ami, en conçut de la jalousie. Aussi se retira-t-il chez lui, à l'autre bout du village, derrière la haie vive de sa rancœur et finit-il par rejoindre le camp des ennemis de celui qu'il avait d'abord chéri.

Toutefois, je le répète, les gens disent n'importe quoi.

La brouille entre Francis Sancher et Moïse eut une tout autre cause.

A dater de la visite d'Emile Etienne, Francis Sancher multiplia ses mystérieuses déambulations à travers les bois. Il négligea sa machine à écrire, se levant au pipirite chantant, quand le soleil s'ébrouait sans forces encore dans le ciel et partant piétiner la rosée, ne rentrant que dans le mitan de la nuit, fourbu à ne pouvoir prononcer une parole, des cousins[1] plein les vêtements. Que cherchait-il, pareil à une mouche à miel[2] ou à un fou-fou[3] qui ne sait pas où se poser? Cette question tarauda tant et si bien l'esprit de Moïse qu'il se mit à le suivre sans jamais toutefois obtenir d'indices concluants.

Et c'est ainsi qu'il céda à la tentation fatale.

Francis Sancher possédait une malle. Une malle de fer verte qu'il avait reléguée dans la plus petite des deux chambres à coucher et d'où il tirait tout.

L'argent pour la viande, le pain ou les boîtes de Pal pour les chiens. Les ramettes de papier jaune et toutes du même format pour sa machine à écrire. Les

1. Petit végétal.
2. Abeille.
3. Colibri.

hardes. Les livres qu'il aimait, tous en espagnol, à l'exception d'un Saint-John Perse en collection de La Pléiade.

Cette malle, Francis Sancher la tenait fermée à clé, mais, illogique, il gardait la clé à la portée du premier venu dans un bougeoir à la tête de son lit.

Une fois la malle ouverte, Moïse eut un saisissement. De l'argent! Des billets de banque! Plus qu'il n'en avait vu depuis qu'il avait déserté le ventre de Shawn. Pas seulement des français, bonasses et familiers, mais des billets étrangers, des américains, verts, étroits, tous semblables et par là même trompeurs, perfides. Combien y en avait-il?

Malgré lui, toutes les sales histoires que les gens de Rivière au Sel racontaient au sujet de Francis Sancher lui vinrent à la mémoire et, sa confiance vacillant, il porta une liasse à ses narines, comme si son odorat pouvait le renseigner. Hélas! Bien ou mal acquis, l'argent a la même sale odeur.

C'est alors que la pluie se mit à cogner frénétiquement sur le toit comme si elle voulait l'avertir d'un danger. Presque aussitôt le plancher trembla et une voix s'exclama :

– Eh bien, je l'ai échappé belle!

Quand Francis Sancher entra, l'eau dégoulinant jusqu'à ses chaussures, Moïse était vissé par terre, la liasse collée aux doigts comme à la patte de Kompè Lapin, puni par le sort. Francis Sancher le tourna et le retourna dans le mépris de son regard avant de laisser tomber :

– C'est donc ça que tu voulais? Je me demandais bien ce que tu avais à te coller à moi, jour après jour, à me sucer le sang comme un vrai maringoin. Car c'est ainsi qu'on t'appelle? Ainsi donc, tu n'es qu'un sale petit voleur? Mais si c'était de l'argent que tu voulais, tu n'avais qu'à m'en demander! Si tu savais le cas que j'en fais!

Eperdu, le cœur broyé par une terrible douleur, Moïse bégaya :

– C'est ça? C'est ça que tu crois?

Francis Sancher, sans plus le regarder, épongeant l'eau, lui jeta :

– Fous-moi le camp!

Moïse fut bien forcé d'obéir.

« Chez Christian », les hommes insouciants regardaient un match de football à la télévision et scandaient « Ma-ra-do-na, Ma-ra-do-na ». Dodose Pélagie, lisant *Maisons et jardins*, remplissait une berceuse sur sa galerie.

Moïse retrouva sa maison, son lit toujours moite de ses sueurs nocturnes et, comme un accusé trop démuni pour s'offrir un avocat, commença de préparer lui-même sa défense :

– Tu crois que j'en ai à ton argent. Mais si c'était de l'argent que je voulais, j'aurais continué la boxe. Je serais devenu champion des poids plume. Doudou Robinson disait que j'en avais l'étoffe. L'argent, pour moi, c'est du rien. Ce que je cherchais, c'est à savoir qui tu es, pour te défendre, tu comprends?

Ce furent de tristes jours que ceux-là.

La pluie n'arrêta pas. La Ravine Vilaine sortit de son lit, enfla, accoucha dans un flot de limon noirâtre des corps d'animaux qu'elle avait surpris dans les savanes. Une puanteur s'éleva et, pour la chasser, on brûla d'énormes quantités d'encens dans les chapelles votives creusées à flanc de mornes.

Un soir, n'en pouvant plus de peine, Moïse profita d'une embellie et courut chez Francis, des mots et des mots d'explication à la bouche, les pieds s'enfonçant dans la boue et s'en extirpant avec des bruits gourmands de succion. Repus, les dobermans bâillaient à la chaîne.

Il allait pousser la barrière quand une silhouette de femme s'était dessinée sur la galerie, sa paillasse de chabine dorée[1] illuminant le serein. Sans parvenir à en croire ses yeux, Moïse reconnut Mira et, paralysé, il resta debout à la regarder comme s'il la voyait pour la première fois, comme si d'année en année il ne l'avait pas vue forcir, grandir parmi eux, plante interdite dont les branches, les feuilles et les fleurs distillaient un parfum vénéneux.

Que faisait-elle là?

Tremblant de tous ses membres, il s'était rencogné dans l'ombre d'un ébénier jusqu'à ce que la pluie, qui avait repris ses forces, le trempe jusqu'aux os. Alors, en panique, il avait couru ventre à terre chez lui.

Quelques jours plus tard, « Chez Christian », les hommes avaient parlé de viol. Bien sûr, il n'y avait pas cru une seule minute, à ce viol. Si une personne avait violé l'autre, ce n'était sûrement pas celle que l'on disait. Néanmoins là n'était pas la question. Ce qui comptait, c'était que depuis cette époque-là la vie avait retrouvé son goût d'eau stagnante. Que les arbres de Rivière au Sel s'étaient à nouveau resserrés autour de lui comme les murs d'une geôle. Qu'il se réveillait la nuit comme autrefois, tout suant de peine et d'angoisse. Au volant de sa camionnette, au risque de se tuer, il passait la tête par la portière et regardait

1. Type de métisse à la peau et aux cheveux dorés.

le ciel sans entraves qui coiffait la tête d'autres hommes qu'il ne connaîtrait jamais.

Partir. Oui, mais cette fois vers quelle Amérique?

Souvent des camarades de la poste se faisaient muter en métropole. On les voyait aux congés annuels, une blonde au bras, un lac de tristesse au fond des prunelles et les houles amères de l'exil labourant les commissures de leurs lèvres.

Partir. Mais à en croire Francis Sancher qui avait parcouru la terre, pas un coin sous le soleil qui ne porte son lot de désillusions. Pas une aventure qui ne se solde par l'amertume. Pas un combat qui ne se conclue par l'échec. Alors, vivre à Rivière au Sel à perpétuité? Finir ses jours, solitaire comme un mâle crabe dans son trou?

Terrifié, Moïse regarda autour de lui, la ronde des prieuses, comme si tous ces visages ne lui étaient pas familiers, depuis celui, trituré, malaxé, déformé, raboté, rendu cauchemardesque par le grand âge, de Mademoiselle Léocadie Timothée jusqu'à celui de Mira, radieuse obsession de ses nuits, et celui de Vilma encore informé, émergeant de l'adolescence. Une douleur lui laboura la poitrine dont il ne sut pas la cause et un flot d'eau salée déborda de ses paupières.

Dinah Lameaulnes entonnait un nouveau psaume :

« Louez l'Eternel!
Louez l'Eternel du haut des cieux;
Louez-Le dans les cieux très hauts!
Louez-Le, vous, tous Ses anges! »

Il inclina très bas la tête et mêla sa voix à celle du chœur.

Il faut descendre dans la Ravine après la tombée du soleil quand le ciel est rond, creux comme une coquille peinte au-dessus de nos têtes.

Des fois, quand je n'arrivais pas à prendre sommeil au milieu de la nuit, je longeais sur la pointe des pieds le corridor central de la maison. A droite, j'entendais les ronflements de mon père qui ne s'était pas encore remarié avec Dinah, la Saint-Martinoise, et qui avait fini de faire l'amour avec Julia, notre bonne. A gauche, un rayon de lumière brillait sous la porte de la chambre de mes frères. L'un d'eux, Aristide, sans doute, devait lire quelque livre défendu. Dans le jardin, les chiens venaient vers moi en gémissant, remuant la queue. Ils voulaient me suivre. Mais je les chassais, car de nuit la Ravine n'appartenait qu'à moi. Je hais la mer bruyante, violette et qui décoiffe. Je n'aime guère les rivières, leur eau lente et trouble. Je n'aime que les ravines vivantes, violentes même. Je m'y baigne. Je dors sur leurs rives, peuplées de batraciens. Je me tords les chevilles sur leurs roches glissantes. C'est mon domaine à moi, à moi seule. Les gens ordinaires les redoutent, croyant que c'est le repaire des esprits. Aussi, on n'y rencontre jamais personne. C'est pourquoi quand j'ai buté sur son corps, invisible dans la noirceur comme un cheval à diable[1], j'ai cru que pareil à moi, il était bien venu pour moi.

La solitude est ma compagne. C'est elle qui m'a bercée, nourrie. Elle ne m'a pas quittée jusqu'au jour d'aujourd'hui. Les gens parlent, parlent. Ils ne savent pas ce que c'est que de sortir brûlante du ventre déjà froid de sa mère, de lui dire adieu dès le premier moment du monde. Mon père essuyait ses yeux rouges. Il l'avait aimée, sa Négresse Rosalie, Rosalie

1. Insecte commun dans les lieux sombres et humides.

Sorane, aux seins d'aubergine. La sage-femme lui répétait :

– Prenez courage, Monsieur Lameaulnes !

Mon père n'avait pas de filles. Sa première femme, Aurore Dugazon, morte depuis d'un fibrome, ne lui avait donné que des garçons. Trois garçons, l'un derrière l'autre. Alors, il m'a prise dans ses bras et ses larmes chaudes ont coulé sur ma figure. Mais moi, depuis ce moment-là, je ne voulais pas de son amour. Je ne voulais pas lui donner le mien. Il était coupable.

Car s'il l'avait laissée tranquille, Rosalie Sorane, s'il l'avait laissée dormir dans la maison de sa maman qui s'asseyait cinq fois la semaine sur le marché de la rue Hincelin pour revendre des tomates, des gombos et des pois tendres[1], mais qui voulait que sa fille parte étudier en métropole et devienne une licenciée, elle ne serait pas morte à dix-huit ans, vidée de tout son jeune sang, couchée les pieds froids entre deux draps de toile de lin brodée.

Mon père m'enveloppa d'un burnous bleu puisque Rosalie Sorane avait espéré un garçon et préparé toute sa layette de cette couleur, et me coucha à l'arrière de sa grosse voiture américaine. Quand on arriva à Rivière au Sel après une heure de route, c'était le soir. Un vent frais se coulait le long des flancs de la montagne, massive, découpée en ombre chinoise. Aurore Dugazon, blême et souffreteuse, était assise sur la galerie. Mon père passa sur elle sans la regarder comme d'habitude et me remit entre les mains de Minerve, la bonne, qui s'était précipitée au bruit du moteur. Il lui dit simplement :

– Nous la baptiserons samedi prochain.

Le samedi suivant, je fus baptisée à l'église de

1. Haricots verts.

Petit Bourg : Almira (du prénom de ma grand-mère, la mère de mon père) Rosalie Sorane. Parce que mon père avait beau tutoyer tous les directeurs de banques, le Président de la Chambre de Commerce et celui de l'Office du Tourisme, il ne pouvait pas transformer une enfant adultérine en enfant légitime. Malgré cela, on ne m'appela jamais autrement que Mira Lameaulnes.

A cinq ans je fis ma première fugue. Je ne pouvais pas comprendre que, pour moi, il n'y avait pas de maman quelque part sur cette terre. J'étais persuadée qu'elle se cachait dans la montagne, qu'elle était protégée par les géants de la forêt dense, qu'elle dormait entre les doigts de pied démesurés de leurs racines. Un jour, à sa recherche depuis le matin, je remontais une trace. J'étais fatiguée de mettre un pied devant l'autre. Fatiguée à mourir. Alors j'ai buté sur une roche et j'ai déboulé jusqu'au fond d'une ravine, cachée sous l'amoncellement des plantes. Je n'ai jamais oublié cette première rencontre avec l'eau, ce chant délié, à peine audible, et l'odeur de l'humus en décomposition.

Quand on me retrouva après une battue de trois jours et trois nuits, mon frère Aristide se moqua :

– Ta maman était une Négresse qui prenait des hommes. Comment peux-tu t'imaginer qu'elle est là-haut dans la montagne? A l'heure qu'il est, elle doit être sous nos pieds, à rôtir en enfer, la peau roussie comme la couenne d'un cochon.

Néanmoins il avait beau dire, sa méchanceté ne m'atteignait pas. J'avais retrouvé le lit maternel.

Depuis ce jour, chaque fois que j'ai le cœur ensanglanté à cause de la méchanceté des gens de Rivière au Sel qui ne savent qu'affûter le couteau de leurs paroles de médisance, je descends à la Ravine. J'y descends à chaque anniversaire de la mort de

Rosalie Sorane qui est aussi celui de ma naissance et j'essaie d'imaginer ce que serait la vie si elle était là en chair et en os pour me regarder grandir, pour m'accueillir sur la galerie à mes retours de l'école et pour m'expliquer tous les mystères du corps des femmes que je dois découvrir toute seule. Car s'il fallait compter sur Dinah! On pourrait croire que c'est par l'opération du Saint-Esprit qu'elle les a eus, ses trois garçons!

J'aimais bien Aurore Dugazon, la maman d'Aristide, si blême, si blême qu'on savait qu'elle était en sursis sur cette terre. Quand elle est morte, on a recouvert tous les miroirs de châles noirs et violets pour qu'elle ne vienne pas s'y regarder en pleurant sur sa jeunesse perdue. Les gens disaient :

– Bon Dié, elle ressemble à une mariée!

Aristide, quant à lui, était enfermé dans sa chambre. C'est mon père qui est allé le chercher et l'a menacé de le battre s'il ne venait pas lui donner un dernier baiser avant qu'on ne cloue le couvercle du cercueil.

J'ai bien cru qu'il allait mourir lui aussi ce jour-là! C'est pour cela que nous étions tous les deux parés pour Dinah, la deuxième femme, quand elle a débarqué un beau matin de Saint-Martin. Aristide m'avait prévenue :

– Tu vas voir comme je vais te la dresser!

Mais cela n'a pas été nécessaire. Ce n'est pas nous qui l'avons dressée.

Ah, les premiers temps, Dinah ressemblait à une fleur de tubéreuse! Le matin, elle chantait devant sa fenêtre grande ouverte sur la fraîcheur de la montagne. Elle faisait récurer toute la maison avec des racines de vétiver et des bouchons de feuillage. L'air embaumait. Le soir, elle nous racontait des contes.

Bientôt hélas, nous l'avons vue sécher sur pied, se

flétrir comme l'herbe, privée de la rosée du matin. Mon père ne lui adressait plus la parole. Il passait sur elle sans la regarder. A table, il repoussait son assiette après une bouchée. Le soir, il sortait ou bien il s'enfermait dans une des chambres du galetas avec des femmes ramassées on ne sait où et nous les entendions rire, rire, derrière la porte fermée. A cause de cela, quand mes yeux se posaient sur lui, il ricanait :

– C'est me tuer que tu veux?

C'était vrai, la haine m'étouffait, je me demandais ce que je pourrais inventer pour le blesser. Aristide, c'est pour cela que je l'ai écouté. En vérité, je ne l'aimais que comme un frère. Mais j'ai cru trouver mon bonheur dans le goût du mal, du défendu.

Très vite, cela ne m'a plus suffi. Depuis que j'avais été renvoyée de ma quatrième école payante, je ne faisais rien et montais en graine sans joie. Je m'étais mise à faire un rêve, toujours le même, soir après soir. J'étais enfermée dans une maison sans porte ni fenêtre et j'essayais vainement de sortir. Soudain, quelqu'un frappait à une cloison qui se lézardait, tombait en morceaux et je me trouvais devant un inconnu, solide comme un pié-bwa et qui me délivrait.

Je tuais le temps des journées tant bien que mal. Un moment, Aristide s'était mis en tête de me trouver du travail à la Pépinière. Je préparais des gerbes pour les mariées ou des couronnes pour les morts. Mais quand j'étais auprès d'eux, les hommes ne faisaient rien de rien et me mangeaient de leurs yeux pleins de vices. Alors cela n'a pas pu durer. Parfois, mon père me regardait :

– Il faut que je te cherche un mari! Quand j'aurai du temps pour toi!

Je ne lui répondais même pas.

La vie commençait quand je descendais à la

Ravine. Un soir pareil aux autres, ni plus ni moins de lucioles dans le serein, j'ai pris le chemin familier. J'allais pour m'approcher de l'eau quand j'ai heurté son corps invisible sous les feuilles de siguine. Il s'est redressé et a interrogé :

– C'est toi? C'est toi?

Avec ma torche électrique, j'ai découpé son visage dans la noirceur. Je l'ai reconnu tout de suite. Alors j'ai soufflé :

– Tu m'attendais?

Il a bégayé :

– Pas si tôt!

Je me suis penchée sur lui :

– Tu trouves que c'est trop tôt? Moi, il y a vingt-cinq ans que je t'attends sans rien voir venir. Je désespérais.

Il a interrogé :

– Vingt-cinq ans? Comment cela vingt-cinq ans?

J'ai posé la main sur son épaule. Il tremblait de tous ses membres et j'ai interrogé :

– De quoi as-tu peur?

– Mais de toi. Comment feras-tu?

Je me suis approchée tout près, tout près et j'ai appuyé ma bouche sur la sienne, sèche, inerte et qui ne me répondait pas :

– Comme cela!...

Après ce baiser, il m'a fixée, les yeux fous d'une terreur que je ne comprenais pas :

– C'est tout?

J'ai ri :

– Non! Continuons si tu veux!

J'ai déboutonné sa chemise de gros bleu, défait sa dure ceinture de cuir. Il n'a pas soufflé un mot. On aurait dit un enfant devant une grande personne. Nous avons fait l'amour sur le terreau au pied des fougères arborescentes. Il s'est laissé faire, non pas rétif, mais à l'affût de chacun de mes gestes, comme s'il croyait qu'ils cachaient des coups mortels. Ensuite, il est resté un long moment, sans mouvement, à côté de moi, et puis il a dit :

– Je m'appelle Francis Sancher.

J'ai répondu :

– Cela, je le sais, figure-toi.

Il s'est tourné vers moi :

– Tu n'es pas celle que j'attendais. Qui es-tu?

Je me suis levée debout et je suis descendue vers l'eau qui brillait noire entre les roches en me moquant :

Tu ne sais pas qui je suis, cela m'étonne! Les gens de Rivière au Sel racontent toutes qualités d'histoires sur mon compte.

– Ils me fuient comme la peste. Personne ne me parle.

– Même pas Maringoin?

– Maringoin?

J'ai fait couler l'eau sur mes cheveux :

– Moïse si tu préfères. C'est comme cela qu'on appelle ton ami le facteur! Il ne t'a pas parlé de moi?

Il n'a pas répondu.

Dans le noir, j'entendais le pas lourd des crapauds chassant les insectes sous les feuilles. Brusquement, le vent est tombé, glacé sur mes épaules et je suis sortie de l'eau pour remettre mes vêtements. Il me regardait toujours en silence. Comme je m'éloignais, il a demandé :

– Est-ce que je te reverrai?

Je lui ai lancé par-dessus mon épaule :

– Tu y as pris goût, faut croire!

Les gens de Rivière au Sel ne m'aiment pas. Les femmes récitent leurs prières à la Sainte Vierge quand elles croisent mon chemin. Les hommes se rappellent leurs rêves de la nuit quand ils ont trempé leurs draps et ils ont honte. Alors, ils me bravent des yeux pour cacher leur désir.

Pourquoi? Sans doute que je suis trop belle pour leur laideur, trop claire pour la noirceur de leurs peaux et de leurs cœurs. Mon père sous ses airs a peur de moi. Il peut tarabuster ses contremaîtres et ses ouvriers haïtiens. Il peut faire marcher à la baguette ses enfants du deuxième lit, sans même parler de Dinah, zombie perdue devant lui. Il peut renvoyer les servantes pour un oui ou pour un non, quand il ne veut plus d'elles ou quand elles lui résistent. Devant moi, c'est une autre affaire. Il sait que le corps de Rosalie Sorane est entre nous. Aristide aussi a peur de moi, de mes colères, de mes lunes comme il dit. Quand je suis arrivée à Rivière au Sel, enveloppée dans mon burnous bleu, Aristide venait d'avoir trois ans. Pour moi, il a lâché la main de sa mère. Nous avons grandi comme deux sauvages. Nous n'avons pas de secret l'un pour l'autre. Cependant, je ne l'ai jamais emmené à la Ravine. Elle n'appartient qu'à moi. C'est mon royaume, mon refuge.

Aristide dit qu'il ne pourrait pas vivre loin de la montagne. Chaque matin, il s'enfonce dans son ventre et revient, le sac au dos plein de grives à pieds jaunes, de pics noirs, de perdrix et de ramiers qu'il attrape à la glu dans les fougères et qu'il enferme dans des cages en bambou au fond de la Pépinière. Avec les serres d'orchidées, c'est son royaume à lui. Ceux qui racontent qu'il a le cœur dur comme une roche ne le connaissent pas. Son cœur est sensible comme celui d'un tout petit enfant.

Le jour où j'ai rencontré Francis Sancher à la Ravine, je l'ai trouvé qui fumait sur la galerie. Il a grogné :

– Où est-ce que tu as été traîner encore?

Je lui ai donné dos et j'ai pris le chemin de ma chambre. Il m'a suivie et s'est assis de tout son poids dans la berceuse. J'ai commencé à coiffer mes cheveux pour la nuit. Puis, j'ai interrogé, faisant bien attention aux accents de ma voix, car je connais sa jalousie.

– Qu'est-ce que les gens racontent sur Francis Sancher?

Il m'a regardée et ses yeux me brûlaient :

– Il t'intéresse?

– Est-ce qu'il n'intéresse pas tout le monde ici?

– Les gens disent que c'est un Cubain. Quand Fidel a ouvert les portes du pays, il est parti.

– Pourquoi est-il venu ici où il n'y a pas de travail, rien à faire?

– C'est la question!

Il y a eu un silence. Ensuite, il a repris :

– Ecoute-moi bien, je vais te raconter un conte.

« Un dimanche, à la messe, Ti-Mari a vu un homme qu'elle ne connaissait pas, tout de blanc vêtu, coiffé d'un chapeau Panama. A la sortie de l'église, elle a demandé à sa marraine :

– Marraine, marraine! Tu as vu ce beau bougre en chapeau Panama? Est-ce que tu connais son nom? »

J'ai haussé les épaules :

– Arrête tes histoires! Tu me prends pour un bébé au berceau?

Il s'est levé et il est sorti sans rien dire.

La nuit n'est pas faite pour dormir dans une

couche comme une roue de charrette enfoncée dans la boue d'un champ de canne. Elle est faite pour rêver éveillée, la nuit. Elle est faite pour revivre les pauvres bonheurs des journées. J'ai revécu les moments avec Francis Sancher. Jusque-là, je n'avais jamais caressé qu'un seul corps familier, sans mystère, aussi proche du mien que le tronc du gommier l'est du philodendron épiphyte. A présent, il me fallait découvrir ce que cachait cette forme étrangère. Comme Ti-Mari, amoureuse au premier coup d'œil de son inconnu en chapeau Panama, tout de blanc vêtu, il me fallait trouver qui il était.

Au petit déjeuner, mon père piaffait comme un cheval vicieux. Il a commencé avec Joby, l'aîné de ses enfants du deuxième lit, un garçon pâlot et qui a peur de tout :

– Pourquoi est-ce que je dépense mon argent à t'envoyer à l'école, hein? Tu ne vaux pas mieux que les nègres haïtiens qui charroient du fumier dans ma Pépinière.

Pour une fois, Dinah a protesté :

– N'oublie pas qu'il a eu la dengue. Jusqu'à hier, il était couché malade!

Il a bondi sur elle :

– Ferme ta bouche quand je parle à mes enfants!

Puis il s'est tourné vers Aristide :

– Qu'est-ce que ça veut dire, tonnerre de Brest? Tu fais défricher la savane?

Aristide n'a pas perdu son calme et a fini de boire son café tout tranquillement :

– Je suis allé en Martinique et j'ai visité le jardin de Balata. Un type a eu l'idée de faire pousser toutes qualités de fleurs et de plantes dans la propriété de changement d'air de sa grand-mère. Et les touristes viennent de partout et paient pour entrer. Pourquoi pas nous? Nous avons de la terre à revendre et le climat qu'il faut.

Mon père a ricané :

– Sauf que les touristes ne viennent jamais par ici!

– Ils viendront s'il y a quelque chose à voir!

Je savais qu'ils allaient commencer à babier, à se déchirer comme deux chiens, alors je suis sortie sur la galerie. Le matin, c'est le moment que je préfère. Les feuilles dansent doucement aux branches des arbres tout juste éveillés sous le soleil. L'air sent l'eau.

Blottie dans la berceuse où, dès six heures du soir, Dinah apprivoise sa solitude, j'ai vu Maringoin qui remettait le courrier à Cornélia.

Si quelqu'un m'a suivie, épiée de ses yeux mal fendus, c'est bien Maringoin. Un jour, je me promenais sur le plateau de Dillon, car de là on voit les nuages courir au-dessus de la mer, je l'ai rencontré, pareil à une âme en peine. Il m'a souri :

– Bonsoir la belle! Est-ce que je peux te donner un bout de chemin?

Je n'ai même pas pris la peine de lui répondre. Il est resté un moment à se balancer sur un pied et puis il est parti tout nigaud.

Ce matin-là, il m'a semblé au contraire qu'il était un cadeau du Bon Dieu et j'ai couru vers lui :

– Emmène-moi à la boutique, je vais voir si je trouve du papier à lettres.

Je ne savais trop comment parler de but en blanc de Francis Sancher quand, dans le panier où il range son courrier par paquets noués d'élastiques de couleurs différentes, j'ai remarqué une lettre avec un nom rare, venu d'ailleurs, tellement différent de ceux des gens de Rivière au Sel qui s'appellent Apollon, Saturne, Mercure, Boisfer, Boisgris, pas à dire, les Maîtres ont dû s'amuser en les baptisant : « Francisco Alvarez Sanchez ».

J'ai compris tout de suite, mais j'ai joué l'étonnée!

– Il est de Rivière au Sel, celui-là?

Il a crié :

– Dépose ma lettre! Est-ce que tu ne sais pas que si tu étais en Amérique, tu rentrerais à la geôle?

Qu'est-ce qu'il connaît de l'Amérique, lui? Aristide y est allé une fois, en Amérique. A l'occasion d'une exposition d'orchidées à Monterrey. Il m'a parlé des oiseaux blancs et des arbres que le grand vent taille à sa volonté.

J'ai posé la main sur son genou dur et pointu comme un galet de rivière, il s'est mis à tressauter au point d'attirer ma pitié pour un corps disgracié qui ne découvrira jamais l'amour.

– Que sais-tu de lui?

Il a essayé de rire, mais ses yeux luisaient comme ceux des bêtes :

– Qu'est-ce que tu me donnes si je te dis ce que je sais? Un baiser?

Je n'ai même pas répondu. Il a bégayé :

– Sa famille vient d'ici et il cherche ses traces. C'étaient des békés qui ont fui après l'abolition.

– C'est tout?

Je l'ai toisé :

– Laisse-moi te dire. Si tu veux ton baiser, tu as intérêt à découvrir d'autres choses.

Là-dessus, je suis descendue de sa camionnette en

claquant la portière. Déjà, les gens nous regardaient.

Mais j'ai attendu une semaine, deux semaines. Maringoin n'est pas venu me voir. Aussi, je suis descendue chaque nuit à la Ravine. Francis Sancher non plus n'est pas revenu.

De retour à la maison, je renvoyais Aristide qui ne comprenait rien et je mouillais mon oreiller d'eau salée.

L'amour vient par surprise comme la mort. Il ne s'avance pas en battant le gwo-ka[1]. Son pied s'enfonce doux, doux dans la terre meuble des cœurs. Brusquement je perdis le sommeil, je perdis le goût du boire et du manger. Je ne pouvais plus penser qu'à ces moments passés à la Ravine et qu'apparemment je ne revivrais plus puisqu'il m'avait oubliée.

Ce lundi-là, c'était un lundi je m'en souviens, car comme chaque semaine, mon père était descendu à La Pointe et avait déjeuné chez son cousin Edgar, le cardiologue qu'il ne peut voir en peinture. La nuit a déverrouillé la porte au grand vent. Il faut toujours se méfier du grand vent, de sa voix de dément qui résonne et rebondit à travers mornes et savanes, qui s'insinue par tous les interstices, qui sème le désordre jusque dans la calebasse fermée de nos têtes. C'est lui qui a planté cette idée-là dans la mienne. J'étais là,

1. Tam-tam.

couchée sur ma couche, quand il s'est mis à tourner autour de moi, à me tanner :

– Vas-y ! Vas-y ! Mais va le rejoindre ! Ne reste pas là à pleurer comme une madeleine.

Je venais de remonter de la Ravine, déserte, dont l'eau s'était enroulée comme un linceul autour de mon corps méprisé. Pourquoi avait-il demandé : « Est-ce que je te reverrai ? », s'il ne savait pas la signification de ces paroles-là, s'il ne savait pas que c'était un rendez-vous qu'il me donnait ?

Tout au long du chemin, la lune oblongue avait marché devant moi, se moquant de mon chagrin :

– Mira, Mira Lameaulnes, qu'est-ce que tu es devenue à présent ? Une poupée de chiffon qui pleure pour un homme.

Maintenant que je connais la suite de cette histoire, mon histoire, et que j'ai fini comme Ti-Mari par être dévorée, je ne comprends plus pourquoi j'avais placé tous mes espoirs sur cet homme-là que je ne connaissais ni en blanc ni en noir. Sans doute parce qu'il venait d'Ailleurs. D'Ailleurs. De l'autre côté de l'eau. Il n'était pas né dans notre île à ragots, livrée aux cyclones et aux ravages de la méchanceté du cœur des Nègres.

D'Ailleurs.

Oui, c'est le grand vent qui a planté cette idée-là dans ma tête sous la touffeur de mes cheveux. Idée folle, idée déraisonnable puisque j'allais offrir la vie et l'amour à quelqu'un qui n'attendait que la mort.

Au petit matin, j'ai jeté pêle-mêle dans un panier caraïbe tout ce qui me tombait sous la main. Et puis, je suis sortie. Le grand vent était tombé. L'eau de la pluie ruisselait, couchant les longues herbes d'un vert vif, lavé de frais. Tout semblait en attente de l'humeur du soleil. Un moment, j'ai eu peur. Je me suis vue, femme folle en robe à ramages, prenant le chemin du malheur. J'ai failli faire marche arrière. Mais je me suis rappelé la triste vie que je laissais derrière mon dos et mon désir de vivre enfin au soleil a été le plus fort. J'ai descendu la route.

ARISTIDE

« Ce n'est pas ainsi qu'il aurait dû mourir. C'est son sang, son sang qui aurait dû couler au-dehors et venger ma sœur. »

Ces pensées fichées en tête comme un éclat de silex meurtrier, Aristide entra dans la maison. Jusqu'à ce moment, il s'était tenu à bonne distance de ce mort que tout mort qu'il était il continuait à haïr. Mais la pluie s'était mise à tambouriner sur la bâche verte et, par une déchirure en z, à laisser couler un flot qui clapotait boueux entre les pieds des buveurs de rhum. A chaque coup de vent elle inondait aussi la galerie et trempait les bavards. De la salle à manger où il se trouvait forcé de prendre refuge dans cette odeur de sueur, de fleurs et de bougies fondues, il avait vue sur la couche funéraire et sur une partie du cercle des femmes. Mira était agenouillée à deux genoux, abîmée en prières et il aurait aimé la tirer par les cheveux, la gifler, la battre comme au temps de leur enfance en lui rappelant toute la honte que cet homme-là avait apportée sur son nom et celui de la famille. Malgré le rhum qu'il avait avalé, boule de feu sur boule de feu, il se sentait le gosier rêche et sec.

Le jour où Mira avait quitté la maison pour aller se mettre avec ce criminel, sans se douter de rien, il s'était mis debout, comme chaque matin, dans la noirceur et avait pris le chemin de la montagne. De la montagne, il connaissait chaque trace, chaque sentier. Il avait suivi son chemin préféré, la trace Saint-Charles qui commence à Bois Sergent, se perd à travers la forêt hygrophile et bute pour finir sur le cratère de la Soufrière dans la moiteur et les vapeurs mauves.

Ce n'est que là qu'il se sentait bien, parmi les grands arbres, marbri, châtaignier grande feuille, gommier blanc, acomat-boucan, bois la soie. Il se coulait dans leurs ombres sereines, silencieuses, à peine trouées de pépiements d'oiseaux. Du temps où son père lui parlait, avant que la jalousie et la haine n'empoisonnent l'air autour d'eux, il lui expliquait qu'autrefois, quand la main brutale des hommes ne les avait pas déflorés, les bois de Guadeloupe regorgeaient de toutes qualités d'oiseaux. Ara au ventre rouge comme la braise, perroquet au bec et aux yeux maquillés d'incarnat, perrique encore appelée perruche, verte, rouge, caressante et qui apprend facilement à parler. Il lui tournait les pages d'un livre *Nouveau Voyage aux Isles de l'Amérique*[1] et ses yeux d'enfant médusé regardaient les planches succéder aux planches dans un doux bruit de papier de soie froissé.

Il rêvait. A quoi ressemblait son île avant que l'avidité et le goût du lucre des colons ne la mettent à l'encan? Au Paradis que décrivait son livre de catéchisme. Oui, c'est Loulou qui avait planté en lui

1. Du R.P. Labat.

cet amour des arbres, des oiseaux. Hélas, à présent la forêt était une cathédrale saccagée. Il fallait se contenter de piètres prises...

La gibecière lourde de ramiers ordinaires qu'il avait capturés sans surprise, il avait fait un détour par la cascade aux écrevisses. Une horde de touristes canadiens qui mouillaient leurs pieds blêmes avec des cris d'orfraie l'avait fait battre en retraite. Quand il était rentré comme d'habitude aux environs de neuf heures du matin, Dinah le guettait sur la galerie.

– Elle est partie !

Il avait haussé les épaules :

– Ce n'est pas la première fois qu'elle disparaît. Est-ce qu'elle n'est pas restée des jours et des nuits dehors ?

Dinah avait levé des yeux pleins d'eau :

– Réfléchis un peu, voyons ! Quand elle part comme ça, est-ce que tu l'as déjà vue prendre des affaires à elle ? Des souliers, des robes, des soutiens-gorge...

A peine ébranlé, il lui avait tourné le dos et s'en était allé engueuler les ouvriers haïtiens qui croyaient qu'ils pouvaient gagner leur argent à ne rien faire. Un regret le taraudait. Tout de même, la veille, s'il l'avait forcée, il l'aurait tenue d'assez près pour deviner ce qu'elle cachait sous sa tignasse. Néanmoins, il n'était pas vraiment inquiet. Pareille à un cabri, elle devait se tordre les chevilles sur les roches d'une ravine. Quand elle serait lasse de se nourrir de pommes roses et de prunes café, elle retrouverait le chemin de la maison. Le lendemain, il ne s'était pas trop inquiété. Ni le matin du surlendemain.

C'est à l'entrée de la nuit que Moïse Maringoin le facteur avait fait irruption dans la salle à manger où la famille avalait sans parler la soupe grasse du dîner, les enfants veillant à ne pas la laper comme ils en avaient l'habitude, car ils sentaient trop la fureur de leur père et l'inquiétude de leur mère. Il criait :

– Elle est chez lui ! Chez lui !

Dinah avait interrogé bêtement :

– Chez qui ? De qui est-ce que tu parles ?

Aristide, quant à lui, avait déjà compris. En fait, il avait fugitivement flairé quelque chose le soir où elle lui avait demandé d'un air faussement naturel ce qu'il savait de Francis Sancher. A tort, il avait endormi sa méfiance.

Toute braque[1] et fantasque qu'elle était, elle était assez belle et avait la peau assez claire pour attirer les maris. Le docteur Jouvenel, entre autres, était monté de La Pointe et avait sollicité sa main pour son troisième garçon, celui qui avait étudié au Canada, en expliquant :

– Ses façons ne me font pas peur ! Ce sont des maladies de la jeunesse. Une fois qu'un homme lui aura foutu son fer là où il faut, elle deviendra souple comme un gant.

Consultée, à chaque fois, Mira secouait la tête. Elle ne voulait pas d'homme à son côté. Et Loulou répondait au demandeur que sa fille était encore trop petite. Cela faisait bien rire les gens de Rivière au Sel. Petite, petite ! Est-ce qu'il ne voyait pas les deux seins qui lui poussaient dur au corsage ? Pour sûr, quelqu'un les caressait déjà, ces fruits-là, car on ne ferait croire à personne qu'elle descendait à la Ravine pour se mirer dans l'eau !

Sur ce point, Aristide n'avait aucune inquiétude. Le cœur de Mira n'appartenait à personne. Il était fait de cette matière insaisissable et rebelle qui échappe à toutes les geôles.

1. Folle.

Comme tout le monde, Aristide avait Moïse en horreur et l'avait toujours persécuté depuis le collège. Il était entré en rage quand Mira lui avait confié que ce quart d'homme osait la manger des yeux et la suivre quand elle revenait de l'école. Il l'avait donc guetté, surpris un après-midi qu'il se baignait à la rivière Moustique vêtu d'un ridicule caleçon à fleurs. Il l'avait menacé de tordre le cou à son coq avant de le rosser à grands coups.

Apparemment Moïse n'en gardait pas rancune puisqu'il venait avertir la famille de son malheur!

Loulou s'était déjà levé et vociférait :

– Allons-y! Qu'est-ce que tu attends, tonnerre de Dieu!

Quand ils arrivèrent chez Francis, Moïse se tenant à bonne distance derrière eux, Francis Sancher était à table et Mira, pareille à une servante, s'affairait autour de lui.

Aristide effaré regarda la pièce où ils se trouvaient. C'était là le cadre qu'elle avait choisi pour sa vie! Une table, quelques chaises de bois blanc. Posée sur un tabouret, une télévision en noir et blanc. Aussi Monique, la speakerine-vedette, en perdait-elle tout le fard de ses yeux. Par terre, un ventilateur qui luttait en grinçant contre la chaleur humide de l'air.

Malgré les résolutions qu'il avait prises et qu'il s'était répétées tout au long du chemin, la fureur avait noyé la raison d'Aristide. Les mots ne lui avaient pas semblé suffisants et il s'était jeté sur Francis, décidé à rougir de sang sa belle gueule impudique. Cependant, il avait mésestimé son adversaire. Rien à voir avec les Nègres qu'il envoyait rouler d'un coup de poing à la lisière des champs de canne. Francis Sancher lui avait bourré les côtes de coups de pied, l'avait vicieusement pris à la gorge et l'avait laissé haletant, hoquetant dans la poussière. C'était Moïse qui, humiliation des humiliations, avait couru lui chercher un gobelet d'eau.

Quand le calme avait été quelque peu rétabli, Francis avait déclaré en martelant chaque mot :

– Je ne lui ai pas demandé de venir. C'est elle qui est venue. Je ne la retiens pas. Au contraire. Depuis qu'elle est là, je lui demande de retourner chez elle.

Loulou s'était mis à hurler, mais son exclamation sonnait déjà son désarroi :

– Ce sont des bêtises! Tout ce que je sais, chien, c'est que tu vas payer pour cela!

Francis avait éclaté de rire :

– Payer quoi? Qu'est-ce que tu veux que je paie?

Il y avait eu un silence pendant lequel ils avaient entendu les aboiements éperdus des chiens. Puis Francis avait repris :

– Je n'étais pas le premier, si tu veux tout savoir, et tu as mal gardé ta fille. Un autre s'était largement frayé le passage.

Involontairement, Loulou s'était tourné vers Aristide qui, sous le poids de ce regard, avait vacillé. Sans se douter de rien, Francis Sancher continuait moqueusement :

– Et puis je ne lui ai rien demandé. C'est elle, c'est elle qui s'est offerte! Mais dis-leur donc, Mira!

Mira avait relevé la tête et ses yeux étaient pleins de larmes. Elle avait dit tranquillement :

– Il dit la vérité. Il n'était pas le premier!

– Tu mens! Tu mens!

Qui avait crié cela? Aristide l'ignorait.

A nouveau, la fureur l'avait roulé dans sa houle noire. A nouveau, il s'était jeté sur Francis Sancher, avait mordu la poussière et s'était relevé le visage en sang devant une petite foule de curieux qui comptait les coups.

Ceux qui étaient présents à la veillée de Francis Sancher devaient se rappeler qu'à onze heures sept minutes très exactement, la maison se mit à tanguer, rouler, craquer de toutes ses articulations tandis qu'un grondement ébranlait l'air. Les femmes enceintes portèrent les mains à leurs ventres où ruaient les fœtus apeurés. Les vieux corps crurent leur dernière heure venue et revécurent leur vie. Le surlendemain qui était un lundi, les gros titres de *France-Antilles* eurent beau s'égosiller par les rues des villes :

TREMBLEMENT DE TERRE
EN GUADELOUPE

« Le séisme a été particulièrement ressenti dans la Basse-Terre, dans la région de Petit Bourg... »

les gens de Rivière au Sel n'en crurent pas un mot et demeurèrent persuadés que c'était Francis Sancher qui leur avait joué un dernier mauvais tour avant de filer se perdre dans l'éternité.

Enfermé dans la geôle de ses pensées, Aristide ne sentit même pas cette secousse sismique et tout le monde devait s'étonner de son calme qui contrastait si fort avec la débandade générale.

De retour à la maison après cette désastreuse entrevue avec Francis Sancher, il avait noyé dans le rhum clair et sec sa honte et sa peine, puis il était allé trouver Loulou qui se tassait dans le fauteuil de son bureau.

– On va le poursuivre pour viol.

Loulou avait levé deux yeux étincelants et tonné :

– Quel viol, ça? Si c'est pour me raconter des

couillonnades comme celle-là! il vaut mieux fermer ta bouche!

Mais Aristide avait tenu bon :

– Je vais descendre au commissariat de Petit Bourg et déposer une plainte.

C'est que le commissaire de police était Ro-Ro, un ancien camarade d'école promu à ce rang sous son nom véritable de Romuald Romulus, et qu'Aristide comptait sur le souvenir de leurs frasques de potaches. Dans son bureau décoré d'une photo du Président de la République, la poitrine constellée de chiures de mouches en guise de décorations, Ro-Ro menait la vie dure à un rasta, l'air parfaitement innocent sous ses locks. Aristide l'avait apostrophé :

– C'est à ces bêtises-là que tu t'occupes? Pendant ce temps-là, n'importe quel vagabond vient s'installer dans le pays...

Déjà informé par la rumeur publique du malheur des Lameaulnes, Ro-Ro avait fait sortir le rasta et fixé Aristide d'un air apitoyé :

– Qu'est-ce que tu veux, de bon matin comme cela?

– Le Cubain, je veux que tu le fasses entrer à la geôle pour viol et que tu le gardes derrière des portes fermées pendant des temps et des temps. Voilà ce que je veux!

Ro-Ro avait interrogé :

– Viol? Mais où est Mira pour qu'elle me fasse sa déposition?

Aristide avait cogné du poing sur le bureau :

– Tu n'as pas besoin de Mira. Puisque moi, je te dis ce qui est arrivé!

Ro-Ro avait secoué la tête et déclaré, très administratif :

– Convaincre un individu de viol n'est pas une petite affaire. Surtout que...

Là, il s'était arrêté et Aristide avait bondi :

– Surtout que quoi? Qu'est-ce que tu veux dire? Parle, que je mette le sang dans ta bouche!

Ro-Ro s'était levé et avait haussé les épaules :

– Je n'ai pas peur de toi, tu sais! Ecoute ce que je vais te dire! Il fallait bien qu'elle aille vivre sa vie. Ton père et toi, vous ne trouviez personne assez bon pour elle et vous la surveilliez comme deux mangoustes une poulette. Peut-être qu'avec cet homme-là, elle va trouver son bonheur!

Aristide s'était dirigé vers la porte pour ne pas avoir les oreilles échauffées plus longtemps par de pareilles bêtises.

Dehors, le soleil indifférent brillait et inondait les petites rues fraîchement goudronnées du bourg. Deux enfants écarquillaient les yeux devant la devanture des « Mille et Une Nuits », le nouveau magasin d'un Libanais.

Aristide était entré comme un bolide chez Isaure. Dans le temps, avant que son amour peu ordinaire ne l'accapare entièrement, il était fréquent chez Isaure, pétillante câpresse, à peine flétrie par la quarantaine, qui prenait des hommes dans la maison basse que lui avait léguée ses parents derrière le Stade municipal, ce qui fait que ses amants la faisaient jouir sur fond de hurlements et de woulo-bwavo de foules en délire. Les gens disaient que Dieu est grand, sa dévote mère, qui avait été la fondatrice de l'Association des Filles Aînées de Marie, n'était plus là pour voir cela. Un temps, Isaure avait été la vedette du groupe « Paroka » qui chantait des mazurkas créoles et des biguines. Mais le zouk de ces satanés Kassav avait tout balayé et Isaure s'était reconvertie dans la galanterie.

Elle avait accueilli Aristide dans sa chambre, sur le lit d'acajou rouge où elle était née, coincé entre des guéridons, des tables basses, une armoire à glace et des berceuses du même bois et qu'elle ne quittait guère que le dimanche pour se rendre à la messe, car toute tombée qu'elle était, elle gardait de la religion.

Elle aussi, déjà avertie par la rumeur publique, avait feint une surprise toute mondaine :

– Tu avais disparu ! Tu as rêvé de moi ce matin ?

Aristide ne lui avait même pas répondu et, sans douceur, s'était fait une place à côté d'elle. Néanmoins, il ne songeait pas à lui faire l'amour et Isaure, se rappelant l'époque où il lui fichait son pieu en travers du corps, s'était sentie toute triste, presque de l'eau aux yeux. Aristide avait grogné :

– C'est le tuer que je voudrais. Mais après cela, c'est moi qu'on fourrerait à la geôle ! C'est ça, les pays civilisés !

Isaure hésita :

– Tu sais, je le connais, moi, ce type-là et je peux te dire qu'il n'est pas mauvais comme tu crois !

Aristide avait sauté en l'air :

– Il a violé ma sœur et tu viens devant moi me dire qu'il n'est pas mauvais ?

Violé, violé ! Le bougre qui pourrait violer Mira Lameaulnes ne s'était pas encore solidifié du sperme de son papa, sûr et certain ! Toutefois, Isaure avait gardé cette pensée pour elle et Aristide avait interrogé :

– Comment tu le connais ?

– Un jour, il est entré ici. Je ne sais pas trop qui lui avait parlé de moi. Faut croire que ce qu'il a trouvé lui a fait plaisir puisqu'il est revenu à plusieurs fois.

– Qu'est-ce qu'il te disait?

Isaure fit une moue :

– Je n'écoutais pas trop ce qu'il disait parce que après, moi, j'aime dormir. Et lui, c'était comme un rara de Semaine sainte dans ma tête. Il avait besoin d'affection comme un enfant.

– Epargne-moi, Négresse. Je te demande qu'est-ce qu'il te disait!

– Qu'il avait roulé sa bosse en Afrique où il était médecin...

– Médecin! Ne me raconte pas de bêtises!

– C'est ça qu'il m'a dit!

Saisi, Aristide était parti, manquant cent fois de se tuer sur la route en lacet que la constante humidité de l'air rendait glissante.

Combien de semaines se traînèrent-elles ensuite dans le rouge rouge de la souffrance, de la rage et de la douleur?

Aristide ne restait pas une minute en place, se levait debout, marchait comme un somnambule, injuriait les gens pour un oui pour un non. Il boudait la montagne. Les oiseaux de sa volière pépiaient misérablement à la mort. Il ne mettait plus les pieds dans ses serres et rembarrait ses jardiniers qui voulaient lui faire admirer des phalaénopsis ou respirer le parfum des *epidendrum mutelianum*.

Depuis qu'il n'était plus à toute heure du jour et de la nuit sur leur dos, les ouvriers haïtiens passaient le temps l'oreille à deux centimètres du poste à transistor, tentant de comprendre quelque chose aux péripéties du retour à la démocratie dans leur pays.

Manigat? Pourquoi pas?

Certains, qui ne se souciaient que du bon teint de sa peau, projetaient déjà leurs retours et se voyaient dérivant au gré des mouvements de foule de Lalue[1]. D'autres gardaient la tête plus froide, tant de fois échaudés auparavant. Aristide, lui, épuisait ses journées et ses nuits dans cette interrogation : que faire? Que faire, qu'inventer à présent puisque l'idée de viol n'avait pas pris racine?

A mille mètres d'altitude, la forêt de Guadeloupe se rabougrit. Disparus, les châtaigniers grande feuille, les acomats boucan, les cachimans montagne, les bois rouge carapate. C'est le royaume des côtelettes aux feuilles gaufrées d'un vert noirâtre qui ne s'élèvent guère au-dessus de deux mètres du sol. La terre se couvre de broméliacées aux fleurs violettes et sans parfum, d'orchidées blanches striées de veinules couleur robe d'évêque.

Etendu sur ce tapis végétal, Aristide fixait le dur ciel bleu indifférent, comme pour le défier et lui signifier sa colère. Il aurait aimé être la pierre d'un jeu de paume[2] pour le trouer au front. Un homme lui avait volé sa sœur, le trésor de son cœur et cet homme-là vivait sa vie, respirait, allait, venait, libre de ses mouvements. Il ne l'avait pas couché dans sa dernière demeure, au cimetière.

A ce moment, une ombre était tombée sur son visage tandis qu'un pied froissait l'herbe à hauteur de sa tête. Il s'était relevé d'un bond et avait vu

1. Avenue de Port-au-Prince.
2. Fronde.

Xantippe, un coutelas à la main. Il avait grommelé :

– Sa ou fè?

Mais l'autre à son habitude n'avait pas répondu et s'était éloigné en vitesse. Dans les débuts, les enfants en avaient peur, de Xantippe. En le croisant, les femmes enceintes protégeaient leur fœtus d'une prière à la Vierge. Des poules ayant disparu des basses-cours et un veau tacheté s'étant écarté loin de l'abri du ventre de sa mère, on avait voulu l'en tenir pour responsable. Peu à peu, on s'était rendu à la vérité que c'était un pauvre bougre à la tête fêlée. Ceux qui savaient toujours tout affirmaient qu'il habitait autrefois à Capesterre Belle Eau et qu'il avait perdu l'esprit un jour de Noël où en guise de cadeau du Bon Dieu, sa compagne et ses quatre enfants avaient péri carbonisés dans l'incendie de leur masure. Le lendemain, on l'avait vu courir tout nu sous le soleil. Quand les gendarmes l'avaient poursuivi, il avait pris refuge dans les bois. Quatre grandes années s'étaient écoulées avant qu'on le voie réapparaître sur un bout de terre appartenant anciennement à l'Usine Marquisat qui avait fermé ses portes, jetant de vaillants pères de famille à la rue. On ne savait pas ce qui un beau matin l'avait appelé à Rivière au Sel.

Aristide avait regardé la hauteur du soleil et décidé de reprendre le chemin du village. Il s'était arrêté « Chez Christian ». A son entrée, le flot tumultueux des paroles sans signification s'était tari. Aristide, qui avait toujours méprisé ces hommes à cause de la couleur de leur peau et parce que la Pépinière de son père assurait leur survie, avait senti une chaleur se couler dans ses veines à regarder leurs faces familières. Il avait répondu d'un geste optimiste aux « Sa ou fè? » et saisi la bouteille que, miséricordieux, Christian lui tendait sans perdre de temps. Quand il était ressorti, les arbres dansaient sur leurs échasses. Les mornes échevelés voltigeaient et sautaient par-dessus le corps blême de la lune vautrée sur un lit floconneux.

Dinah l'attendait sur la galerie, frottant ses mains l'une contre l'autre :

– Elle est revenue !

Il l'avait regardée sans comprendre et elle avait répété :

– Elle est revenue !

Personne ne sait exactement en quelle matière le cœur de l'homme est fabriqué. Il supporte, il supporte et puis, un beau matin, c'est fini. Il déclare :

– J'en ai assez ! je ne veux rien de plus !

C'est quand Mira était revenue à la maison et qu'Aristide l'avait vue salie, souillée par le rejet d'un homme, que son amour s'en était allé. Il le portait depuis si longtemps, cet amour, peut-être depuis le jour où elle était apparue, enveloppée dans son burnous bleu, et où lui-même tétait encore le sein d'Aurore Dugazon, depuis leurs jeux dans les savanes à icaques, les plaies et les bosses de leur enfance, les bouderies de leur adolescence, que sa soudaine absence l'avait fait trébucher, déséquilibré, portant la main à sa poitrine désertée. La nuit, il s'éveillait dans le feulement du grand vent et se demandait :

– C'est donc vrai que je ne l'aime plus ? Comment est-ce possible ?

Il se surprenait à regarder d'autres femmes, léger

de ne plus abriter ce poids d'amour coupable, tout saisi des mouvements violents de son sang.

Un matin, pareil à tous les matins de Rivière au Sel, pas plus morne, pas plus désolé, il contemplait des cattleyas blanc crémeux, fraîchement éclos dans la tiédeur de leur serre, quand soudain sa vie avait déboulé devant ses yeux, plate, sans relief, comme la terre de Marie-Galante. Il avait vingt-huit ans, l'âge où certains bandent leurs muscles et prouvent qui ils sont. Lui, qu'avait-il fait? Rien sinon bêcher un corps proche du sien. Un dégoût de lui-même l'avait pris et il avait tourné la tête vers la mer comme si son sel pouvait le purifier. Il n'avait quitté le pays que pour de brefs séjours, toujours pressé de revenir vers une couche. Il ne s'était jamais soucié de ce qui se passait de l'autre côté de l'horizon, en l'autre bord du monde et soudain ce désir se levait en lui, impérieux comme celui d'une femme. De ce jour, il ne l'avait pas laissé tranquille. Il tombait sur lui à tous les moments et il en restait sans force.

Partir, comme ses deux frères avant lui, très tôt las des coups de gueule et des coups de pied de Loulou et qui faisaient leurs vies, l'un en métropole, l'autre à La Pointe.

Partir. Oh, cela ne se ferait pas sans mal. Il demanderait à Loulou le fruit de son travail de tant d'années et si le vieux grippe-sou ne l'entendait pas de cette oreille, il le menacerait.

Oui, il quitterait cette île sans ampleur où, hormis les dimensions de son pénis, rien ne dit à l'homme qu'il est homme. Les fleurs n'ont pas de patrie. Elles embaument sur tous terrains. Alors Amérique? Europe? L'immensité de son choix l'étourdit. Dans le fond, est-ce qu'il ne devait pas être reconnaissant à Francis Sancher puisqu'il lui avait donné la liberté, le délivrant de Mira?

Il la regarda, affalée contre l'épaule de Moïse comme une mariée vêtue de noir et, illogique, la vue de ce chagrin dont il n'était pas la cause raviva une fureur qui prit la couleur de l'amour blessé. Il se rappelait tous ces baisers, toutes ces étreintes, le secret, la passion, la jalousie de leur père et il se demandait ce qui désormais remplirait sa vie.

Quel grand dessein? A défaut, quel autre amour?

Il changea de place et se trouva au milieu d'hommes, l'esprit déjà incendié par l'alcool et qui s'esclaffaient. Si Cyrille le conteur n'avait pas encore pris position, laissant l'atmosphère s'échauffer, Jerbaud, grand blagueur devant l'Eternel, racontait une histoire à dormir debout. Aristide eut envie de chasser tous ces bavards, tous ces parasites, tous ces boit-sans-soif. La mort est une affaire sérieuse, Bon Dieu! Pourquoi entretenir ces pitreries, bonnes pour le temps de Nan-Guinen[1]?

Tout en pensant cela, il s'approcha de la grande table et se servit à nouveau du rhum. Le liquide explosa dans sa tête, s'insinua brûlant à travers tout son corps jusqu'à ses pieds, leur imprimant une envie de se mettre en mouvement, de battre la mesure, de danser qui, d'une certaine manière, ne l'étonna pas. Ne prenait-il pas le départ de sa vraie vie?

1. Epoque de l'esclavage.

MAN SONSON

Cela fait soixante-trois ans que j'habite ici à Rivière au Sel. C'est ici que je suis née. C'est ici que je fermerai mes deux yeux. Mais ce n'est pas ici que je prendrai mon repos éternel. Car il n'y a pas de cimetière à Rivière au Sel. On doit aller se coucher au cimetière de Petit Bourg parmi des étrangers, des hommes, des femmes qu'on ne connaît ni d'Eve ni d'Adam et qui sont morts d'on ne sait quelles morts.

J'aurais aimé qu'on m'enterre ici même derrière la case en bois du Nord que Siméon, mon défunt, a mise debout tout seul de ses deux mains, car c'était un vaillant Nègre, de l'espèce qui a disparu de la surface de la planète et on peut chercher son pareil à ses quatre coins, on n'en trouvera pas, sous le manguier greffé que j'ai planté un matin de septembre à la lune montante, dans cet endroit que je n'ai jamais quitté, même pas quand mon fils Robert le deuxième s'est marié en métropole avec une femme blanche qu'il a connue dans le bureau de poste où il travaille. Une femme blanche! J'ai pleuré toutes les larmes de mon corps. C'est que nous ne sommes pas n'importe quelle qualité de Nègres. Les yeux des Blancs n'ont jamais brûlé les nôtres. Siméon, mon défunt, racontait comment quelques années après l'abolition de l'esclavage son grand-père, Léopold, avait été cravaché à mort par un Blanc auquel il n'avait pas voulu céder le passage. Cette affaire-là avait mis la région en émoi, car les amis de Léopold avaient voulu le venger. Le sang avait coulé. On avait compté des morts. Les champs de canne s'étaient embrasés et leur fumée était montée haut dans le ciel. Une femme blanche dans notre famille !

Je lui ai dit :

– Heureusement que ton papa n'est plus sur cette terre pour voir ça ! Les Blancs nous ont mis en esclavage. Les Blancs nous ont mis des fers aux pieds. Et tu épouses une femme blanche !

Il a ri :

– Maman, tout ça, l'esclavage, les fers aux pieds, c'est de l'histoire ancienne. Il faut vivre avec son temps.

Peut-être qu'il a raison. Peut-être qu'il faut déraciner de nos têtes l'herbe de Guinée et le chiendent des vieilles rancœurs. Peut-être qu'il faut apprendre de nouveaux battements à nos cœurs. Peut-être que ces mots-là, noirs, blancs, ne signifient plus grand-chose ! C'est ce que je me dis en me balançant dans ma berceuse, le cœur réchauffé par une goutte de rhum mêlée d'un peu de sirop de miel.

Regardez-les tous autour de moi !

Ils font semblant de prier le Bon Dieu pour le malheureux Francis Sancher et prennent des mines enfunébrées comme si le chagrin les étouffait.

Pourtant si je vous dressais la liste complète de tous ceux que j'ai vus défiler sur mon plancher pour me demander de lui faire du mal ou même carrément de soulager la terre des vivants de son poids, vous n'en reviendriez pas!

Je sais que sur le cœur des Nègres la lumière de la bonté ne brille jamais. Tout de même! Je me demande ce qu'on pouvait reprocher à Francis Sancher qui était bon comme le bon pain.

Il y avait ceux qui ne pouvaient pas supporter le vacarme de ses chiens quand ils parcouraient la nuit en enfonçant leurs crocs dans de douces chairs sans défense. Il y avait ceux qui ne toléraient pas de le voir assis à boire du rhum et du vent sur sa galerie alors qu'eux-mêmes suaient leur sueur sous le chaud soleil du Bon Dieu. Surtout il y avait ceux qui ne décoléraient pas qu'il ait pris Mira dont, pendant des années, ils avaient rêvé dans la luxure de leurs chairs. Les femmes étaient les plus féroces. Quant à elles, elles haïssent Mira comme le sel hait l'eau. A vrai dire, elles la jalousent et ne lui laissent pas de répit :

– Qu'est-ce qu'elle croit? Non, qu'est-ce qu'elle croit? Est-ce qu'elle oublie qu'elle sort du ventre d'une Négresse noire comme toi et moi? Est-ce qu'elle oublie qu'elle est bâtarde avec ça!

Moi, dans le secret de mon cœur, je la prenais en pitié, Mira, car je voyais le malheur sur elle. Un nuage noir au-dessus de sa tête. Ce n'est pas une peau claire qui donne la clé du bonheur!

Ma maman, avant moi, voyait. Elle a vu le cyclone de 1928. Un matin, le jour s'est levé noir de colère, des plis au milieu du front, et elle a dit :

– Aïe! La Guadeloupe va chavirer aujourd'hui!

Elle a vu la guerre de 39-40 et que deux de ses propres garçons rencontreraient leur mort dans un pays lointain. Elle a vu le grand incendie de La Pointe quand le feu enragé a commencé au cinéma Rialto et ne s'est apaisé qu'après avoir dévoré toutes les maisons du Carénage. Enfant, Dieu merci, je n'avais pas ce don. Mes yeux ne voyaient que le visible, le familier. La marelle tracée à la craie dans la cour de l'école, les mabs[1] que mes frères faisaient rouler sur le sable, les pages en morue[2] des livres de contes que je lisais le soir. Parce que je n'étais pas une bonne élève, je n'aimais pas l'école où les maîtresses ne s'occupaient pas de moi et chouchoutaient des flatteuses qui leur apportaient des bouquets de fleurs, des œufs frais pondus et des lapins blottis dans leur fourrure blanche. Mais j'aimais lire ! Lire ! Je regrettais seulement que les livres ne parlent jamais de ce que j'étais, moi, petite Négresse noire, née à Rivière au Sel. Alors j'inventais, j'imaginais mes histoires dans le creux de ma tête. C'est seulement quand j'ai fait la connaissance de Siméon, puis que nous nous sommes mariés à l'église, moi en voile et couronne, lui dans un costume noir, que j'ai fini avec tout cela. Mes enfants ont remplacé mes rêves.

Oui, au début de ma vie, j'étais épargnée.

Puis un jour, au beau milieu de la nuit, Siméon dormait à côté de moi après m'avoir donné ce qu'il me donnait chaque soir, quelque chose m'a réveillée. Yeux écarquillés dans la noirceur, j'ai vu, comme je vois en ce moment le lit entouré de cierges et l'image de Notre Seigneur Jésus-Christ que Rosa a dû apporter puisque dans cette maison il n'y avait rien qui parle de religion, mon grand frère Samuel, le dernier qui restait à ma maman et qui faisait tout son bonheur, baignant dans son sang répandu entre les racines d'un arbre. Deux jours plus tard, il devait se

1. Billes.
2. Déchirées.

tuer en montant gauler un fruit à pain pour le canari de midi.

C'est comme cela que tout a commencé !

Depuis ce moment-là, souffrances, accidents, morts en tout genre ne m'ont pas quittée un seul instant. Parfois je ferme les yeux fort, fort. Je voudrais ne plus rien voir. Implacable, demain tient à m'informer de ce qu'il porte, caché miséricordieusement au regard des autres humains. Les gens croient que je peux détourner toutes ces souffrances. Hélas ! je ne peux qu'essayer avec l'aide de Dieu. Je me bats pour cela et c'est de toute cette fatigue que mes cheveux ont grisonné avant mon temps. Depuis mes quarante ans et même avant, je porte cette perruque de paille de fer, dure sous les dents du peigne.

J'aimais Francis Sancher, je n'ai pas peur de le dire et je souhaite que son âme trouve le repos qu'il n'a pas connu dans sa vie de vivant, inquiet, angoissé, toujours en mouvement qu'il était.

Je lui disais :

– Mais assez ! Assez ! Ou kon pwa ka bouyi[1] !

Rien n'y faisait.

Je ne me rappelle pas très bien comment son chemin a croisé le mien.

Comme je n'ai plus beaucoup de sommeil, je suis levée avant le soleil. Il est encore vautré quelque part derrière la mer, laissant un restant d'ombre régner sur les jardins et s'accrocher aux branches des arbres que je suis déjà debout devant mon potager[2].

Je mouds mon café, j'écoute la petite chanson grinçante de mon moulin que je n'ai pas changé contre l'appareil électrique Moulinex que mon fils

1. Tu es comme des pois qui bouillent !
2. Cuisinière.

m'a donné. Je le fais couler, j'en verse quelques gouttes sur le sol en pensant à mon Siméon avec lequel je continue de tout partager, je le bois, assise devant ma table de cuisine, son parfum amer pénétrant jusqu'au fond de mes narines. Puis, je sors faire un tour dans l'odeur de pluie de la campagne au matin. Je regarde du côté de la mer pour savoir de quelle couleur sera la journée avant de m'enfoncer dans les bois pour chercher les plantes qui soulagent les douleurs de mes vieux os. La nuit est entrée dans mon œil gauche et je les reconnais à leur odeur, poivrée comme celle de l'anis étoilé, ferrugineuse, saumâtre, douce-amère.

C'est comme cela, je crois, qu'un matin, je suis tombée sur lui qui, au lieu de rester au lit dans la chaleur d'un corps de femme, courait les bois depuis le lever du soleil. Il m'a saluée très poliment, car, qu'on dise de lui ce qu'on voudra, il n'était pas né n'importe où et avait de l'éducation. Ensuite, il m'a demandé :

– Chez vous, comment appelle-t-on cette plante-là ?

J'ai répondu :

– Laissez-moi sentir ! Ça, c'est de l'herbe queue-de-chat.

– Moi, je la connais sous le nom de « diviri ». C'est radical pour les diarrhées.

J'étais étonnée :

– Comment vous connaissez cela, vous ?

Il a ri de toutes ses belles trente-deux dents :

– Si je vous racontais ! J'ai été médecin. Parfois, mes malades étaient tellement pauvres qu'ils n'avaient pas de quoi payer un cachet d'aspirine. Et puis, nous étions loin, si loin du monde. Il fallait se débrouiller. Avec ma loupe, mon petit pilon et mon mortier, je faisais des miracles. Et c'est ainsi qu'ils se sont mis à m'appeler « Curandero ». Je peux dire aujourd'hui que ces années-là furent les plus belles de ma vie. Dans le dénuement, au fond des bois...

Oui, c'est comme cela que nous sommes devenus amis.

Depuis lors, quand le soleil était dans son lit, il arrivait, son ombre derrière lui, fidèle comme un chien qui ne quitte jamais son maître et il me disait :

– Comment va le corps, Man Sonson?

Je soupirais :

– Krazé, lent comme un cabrouet tiré par deux bœufs bien fatigués de monter le morne de la vie.

Il protestait :

– Allons, allons! La jeunesse luit dans vos yeux!

Les gens qui disent que c'était un moulin à paroles ne se trompent pas. Il était toujours en train de raconter quelque chose. Mais moi, je ne faisais pas attention. Sauf une fois. J'avais appris ce qu'il venait de faire à Mira et je le regardais, je le regardais, ne pouvant pas croire que cette figure-là, ces deux yeux-là étaient ceux d'un salaud comme tant d'autres, comme tous les autres.

Je lui ai dit et c'était presque malgré moi :

– Epousez-la, épousez-la. Elle n'a pas mérité cela!

Il a levé la tête et j'ai vu toute la peine du monde dans ses yeux :

– Je ne peux pas, je ne peux pas. Il ne faut même pas qu'elle garde cet enfant. Je le lui ai dit depuis le début. Mais les femmes n'écoutent jamais quand on leur parle. Je ne suis pas venu ici pour planter des enfants et les regarder marcher sur cette terre. Je suis venu mettre un point final, terminer, oui, terminer une race maudite. Et lui est là qui me guette. Vous voyez, Man Sonson, je lui ai bien expliqué tout cela. Alors la faute vient d'elle. Pas de moi.

J'ai essayé d'y voir clair dans toutes ces paroles-là et j'ai insisté :

– Est-ce que vous voulez me dire que vous avez une femme mariée dans votre pays? Votre pays est loin, Monsieur Francis. Bien malin celui qui ira chercher l'autre certificat de mariage!

Il a secoué la tête :

– Comment est-ce que j'aurais pu me marier, sachant ce que je sais? Moi, mort-vivant, j'ai toujours fui les femmes.

J'ai éclaté de rire :

– Vous mort-vivant? Je voudrais bien être pareille à vous!

Il a regardé par la fenêtre le carré de nuit qui noircissait encore et il a murmuré :

– Ne dites pas cela, Man Sonson, ne dites pas cela!

Le son de sa voix m'a glacée.

Je peux dire qu'il ne méritait pas cette mort-là. Crevé comme un chien au beau milieu d'un chemin!

Les gens disent que c'est le poids de ses péchés connus et inconnus qui l'a tué. Je n'en crois rien.

Je voudrais bien qu'elle vienne pour moi aussi, la mort, et qu'elle couvre mes deux yeux rouges d'avoir tant veillé la souffrance et le deuil d'une épaisse couverture de velours noir. Mon corps est fatigué de tanguer et de rouler comme un gommier sur la haute mer. Mes os craquent.

La nuit sera longue. Déjà je viens de prendre sommeil au milieu d'un « Je vous salue, Marie » et c'est Man Rosa qui m'a réveillée d'un petit coup de coude au creux de mes côtes. Elle a l'air soulagé, Rosa. Vilma va revenir à la maison et ça n'étonnerait personne que Sylvestre, avec tout l'argent qu'il a, parvienne à la placer, malgré son enfant sans papa. C'est comme cela aujourd'hui !

Pauvre Francis Sancher, bien rares ceux qui le pleurent ! Bien rares ceux qui l'aident à trouver la porte de la Vie Eternelle.

JOBY

C'est la deuxième fois que je vois un mort, mais c'est la première fois que j'assiste à une veillée. Les veillées, je croyais qu'elles n'existaient plus. Je croyais qu'elles faisaient partie de ces choses que les vieilles personnes radotent comme « An nan Sorin »[1], « An tan lontan »[2], vivantes seulement dans les souvenirs embrumés de leurs têtes.

Quand la mère de maman Dinah est morte, ma grand-mère maternelle, les parents m'ont emmené avec eux à Saint-Martin. Il n'y a pas eu de veillée. Nous sommes arrivés par l'avion au milieu de la matinée et une voiture nous a conduits à la maison mortuaire. Il y avait des fleurs partout. Au milieu du salon, le cercueil était placé dans une sorte de boîte métallique et ma grand-mère reposait tout au fond chétive et recroquevillée, les yeux à demi ouverts, la peau blanchie par sa longue maladie. Maman Dinah a commencé de pleurer et papa lui a dit :

1. Au temps du gouverneur Sorin.
2. Autrefois.

– A quoi ça sert, hein? Est-ce que tu vas la ressusciter?

On n'attendait que nous. Les croque-morts ont enlevé le cercueil de la boîte métallique. On a vu la vieille figure usée. Quelqu'un a dit :

– Ah! Il faut fermer ses yeux!

Maman Dinah a pleuré plus fort, puis l'a embrassée. Ensuite, cela a été le tour de papa. Je suis sorti en vitesse et je suis parti me cacher dans la cuisine, sous l'évier. De là, il me semble que j'entendais papa gronder en colère :

– Mais où est-ce que ce garçon-là est passé?

J'ai fermé les yeux. Je suis resté longtemps, longtemps sous l'évier, agenouillé parmi les seaux et les serpillières mouillées. J'avais peur. J'avais chaud. Finalement, c'est Marty la bonne qui m'a trouvé. Elle m'a dit très gentiment :

– Tu peux sortir à présent. Ils sont en train de sceller le cercueil. Tu n'auras plus besoin de l'embrasser.

Je suis retourné au salon où personne ne s'est occupé de moi parce que tout le monde pleurait. Les croque-morts maniaient leur chalumeau dans une odeur de feu et de métal fondu. A un moment, papa m'a vu et m'a demandé :

– Où étais-tu? Poltron!

Pour une fois, maman Dinah a pris ma défense. Elle a dit :

– Laisse-le!

Au cimetière, il y avait des coquillages et des conques de lambis peintes en blanc, disposés autour de tombes creusées dans la terre. Il y avait aussi des tombeaux imposants, vastes comme des maisons. Celui de grand-mère était comme cela. Il y avait des photos scellées dans le marbre, avec au-dessous des noms que je n'ai pas su lire. Je n'avais plus peur.

Quand nous sommes revenus à Rivière au Sel, papa a commencé à me traiter de « poule mouillée » et à répéter que je n'avais pas voulu embrasser ma grand-mère. Il s'est mis à dire que j'ai peur de tout, que c'est la faute de Minerve, la bonne qui m'a vu naître, parce qu'elle me gâte la tête en me racontant des histoires de volan [1], de jan gajé [2], de gens qui se tournent en chiens. Ce n'est pas vrai. Cela fait belle lurette que Minerve ne me raconte plus d'histoires de ce genre. Elle est devenue une Adventiste du Septième Jour et elle ne parle que du Bon Dieu. Elle lit la Bible dans sa cuisine :

« Maintenant donc, leur dit-il, ôtez les dieux étrangers qui sont au milieu de vous et tournez votre cœur vers l'Eternel, le Dieu d'Israël. »

Voilà pourquoi papa m'a emmené ici. Pour que je voie un mort et me comporte comme un homme devant lui.

Les gens disent que Francis Sancher n'avait pas un bon costume et qu'il a fallu lui faire coudre en quatrième vitesse ce complet noir si étriqué, lui acheter cette cravate serrée comme un garrot autour du cou.

C'est terrible! Puisqu'on doit tous finir par mourir, je me demande à quoi cela sert de commencer par naître. Par être un joli bébé comme Quentin, le fils de Mira.

Quand Mira a accouché, c'était la nuit. Il n'y avait pas eu de vent ce soir-là. Un grand silence était tombé de la montagne avec le serein. On entendait seulement les cris de quelques criquets que les bonnes avaient enfermés par mégarde et dans le jardin les aboiements des chiens que le gardien avait

1. Sorcier.
2. Gens gagés (avec l'Invisible).

lâchés. Je ne dormais pas et je pensais justement à Mira, seule dans sa chambre sans jamais voir personne, sauf maman Dinah qui l'emmène promener appuyée à son bras jusqu'au vieux bassin, près de l'ylang-ylang, quand j'ai entendu des cris. C'était maman Dinah qui téléphonait :

– Vite, docteur ! Elle vient de perdre les eaux !

Perdre les eaux ? Qu'est-ce que cela voulait dire ? J'ai eu l'impression que la Ravine était sortie de son lit et qu'elle allait dévaler au milieu de la maison, son eau froide et mousseuse encombrée de crapauds, de cabris et de chiens morts noyés. Puis maman Dinah a appelé les bonnes qui la semaine dorment au galetas :

– Minerve ! Sandra ! Cornélia !

Elles ont galopé dans l'escalier.

Moi, j'avais peur. Je suis sorti sur la galerie. Dans le noir, j'ai vu le point rouge de la cigarette d'Aristide appuyé à un pilier. Je lui ai dit :

– Tu as entendu ? Elle va accoucher.

Il a crié :

– Est-ce que je n'ai pas deux oreilles pour entendre comme toi ? Fous-moi le camp !

Alors, je suis sorti dans le jardin et je suis allé m'asseoir sur les marches du vieux bassin.

Il paraît qu'avant, quand papa était petit, le bassin était plein d'eau qui descendait claire de la montagne et serpentait à travers notre propriété. Les bonnes y remplissaient leurs potiches, car en ce temps-là, à ce qu'on dit, on n'avait pas besoin de Frigidaires. Puis un cultivateur a détourné l'eau pour arroser sa bananeraie et, depuis, le bassin est à sec. Au fond, juste un peu de mousse et du lichen.

Quentin, le fils de Mira, est né à minuit précis. Cela veut dire qu'il aura affaire avec les esprits.

Je me demande si d'autres garçons détestent leur

père comme moi. Je voudrais qu'il meure. J'aimerais qu'il soit allongé là devant moi à la place de Francis Sancher qui lui aussi a fait beaucoup de mal autour de lui.

En fait, Francis Sancher, même si chaque jour j'entendais patati-patata à son sujet, je ne l'ai vu qu'une seule fois en chair et en os. C'était bien avant que Mira n'aille habiter avec lui et que Quentin ne naisse. Dès qu'on avait entendu que c'était un Cubain, papa avait déclaré qu'il y avait trop d'étrangers en Guadeloupe et qu'il aurait fallu l'expulser avec tous ces Dominicains et ces Haïtiens. Lucien Evariste, notre professeur de français, au contraire, nous avait promis de l'inviter à Radyo Kon Lambi, car il s'était sûrement battu dans la Sierra Maestra avec Fidel. Lucien Evariste dit qu'à nous aussi, il faudrait une révolution et un Fidel, mais qu'hélas, cela n'arrivera pas. La société de consommation a pourri le cœur des Guadeloupéens, comme le sucre les dents des Polynésiens.

La seule et unique fois donc où j'ai rencontré Francis Sancher, j'avais été puni parce que mon devoir d'algèbre ne valait rien. J'étais resté à le refaire dans la salle d'études qui pue l'urine et la merde parce qu'elle est à côté des W.-C. qui sont toujours bouchés. Aussi, je n'ai pas pu prendre le car de cinq heures et demie. Au lieu d'attendre le car de six heures, tout seul devant l'école, si près du cimetière que l'on aperçoit les carreaux noirs et blancs des tombes, j'ai pris le raccourci par Grande Savane. De la tête du morne, on domine la baie. Par-delà les raisiniers bord-de-mer, on apercevait des métros qui faisaient de la planche à voile et la mer était pleine de taches rouges, vertes, violettes. Cela ressemblait à des montgolfières. Avant, Aristide nous emmenait à la mer et nous apprenait à faire la planche. Mais il ne s'occupe plus de nous. Il ne s'occupe même plus de ses serres. Il a de nouvelles orchidées pourtant, toutes tigrées, qu'on appelle scorpions. Il paraît qu'elles mangent les insectes. Je suis entré dans les bois. J'aime l'ombre verte entre les troncs, couleur clair de lune. Là, je n'ai pas peur, car je connais chaque pié-bwa par son nom. Je les appelle et ils se mettent à genoux pour que je monte sur leur dos et les fouette d'une branche. Nous franchissons l'espace. Brusquement, j'ai vu cet homme, cet inconnu, assis sans rien faire sur une racine. J'ai deviné tout de suite qui c'était et j'ai dit poliment :

– Bonjour, Monsieur !

Il s'est levé et s'est mis à marcher à côté de moi, bougeant ses grands pieds d'ogre qui écrasaient les fougères et les fleurs, tout en me posant des questions :

– Comment t'appelles-tu ? Quel âge as-tu ? Ça va à l'école ?

Ça m'a énervé qu'il me parle comme à un bébé. J'ai fait sèchement :

– Oh non, ça ne va pas du tout. Mon père me dit que je finirai par charroyer du fumier comme les Haïtiens.

Il a haussé les épaules :

– Ton père a tort de dire des choses pareilles. Les Haïtiens sont un grand peuple. J'en ai connu en Amérique, en Angola, au Zaïre surtout !

Du coup, il m'a intéressé puisque moi aussi, quand je serai grand, je m'en vais voir du pays. Je lui ai demandé :

– Vous avez visité tous ces pays-là ?

Il a ri, mais son rire sonnait triste comme une clochette rouillée dans une maison abandonnée :

– Oui, j'ai pas mal bourlingué. J'ai roulé ma

bosse. J'ai vu foutre la merde ici et là avec des idées de bien et de mal, de justice et d'injustice, d'oppression et d'exploitation.

Je n'ai pas apprécié. Je n'ai rien dit, mais tout de même, il a senti que je n'étais pas d'accord. Il a passé son bras autour de mon épaule et m'a dit :

– Tu t'intéresses à la politique?

Son bras pesait lourd comme une branche morte. J'ai répondu :

– Enfin, un peu.

Il a ri aux éclats :

– Ah oui? Asseyons-nous un peu, je vais te parler de la politique.

J'ai hésité, mais il m'a entraîné vers une souche d'arbre.

– Est-ce que tu as entendu parler de Carlotta?

– Carlotta?

– Non, bien sûr, c'était avant ta naissance. C'est elle qui m'a séduit. J'étais tout jeune, j'ai cru que c'était pour moi le moyen de tout réparer. D'ailleurs, c'est ce que m'avait conseillé le Père Luandino Vieira qui m'avait tenu sur les fonts baptismaux. Il m'avait dit : « Expie, change de camp. Va vêtir ceux qui sont nus. Guérir ceux qui souffrent. » Nous sommes arrivés par Coral Island et si tu avais vu cela! C'était la joie, c'était la liesse! Tous ces morituri graissaient leurs fusils russes.

En entendant tout ce bla-bla, j'ai dit :

– Excusez-moi, monsieur, il faut que je rentre.

Mais il m'a retenu. Ses mains comme des serres!

– Bien vite, nous avons déchanté. Moi, le premier. Les blessés dans les camions réclamaient leur mère et personne ne comprenait plus rien à rien. Alors, une nuit, je suis parti droit devant moi et c'est comme cela que je suis devenu « Curandero ». Comment dites-vous ici? Doktè fèye?

Je n'ai rien répondu, je ne songeais qu'à partir. Il a continué :

– Toi aussi, je parie, tu veux défendre les opprimés? Mais quoi que tu fasses les opprimés te haïront. Ils flaireront d'où tu sors et te haïront pour cela. Et puis sais-tu que rien n'est plus féroce, plus foncièrement abject qu'un opprimé qu'on libère de ses chaînes...?

Je n'ai plus rien voulu entendre. Je me suis dégagé d'un seul coup et je me suis mis à courir. Il s'est mis à courir derrière moi, mais j'étais plus rapide que lui. Je ne m'accrochais pas les pieds aux racines-échasses et je savais me retenir aux lianes à barriques.

Je l'entendais crier :

– Attends-moi! Mais attends-moi donc!

Mais je volais comme un oiseau.

A un moment, mon pied a manqué et j'ai roulé sur la mousse. Je me suis appuyé contre un tronc pour reprendre mon souffle et alors j'ai vu, debout à quelques pas de moi, Xantippe qui me regardait. Mon sang s'est glacé comme à chaque fois que je vois ce soukougnan[1]. Je ne sais pas comment je me suis relevé. J'ai filé sous la voûte des oliviers montagne qui murmuraient :

– Plus vite! Plus vite!

Dans la clairière tout essoufflé, je me suis trouvé nez à nez avec Mademoiselle Léocadie Timothée qui se promenait à petits pas de vieillarde en prenant le frais comme chaque soir et qui a chevroté de la même voix que la chèvre de Monsieur Seguin :

– Ne cours pas comme cela! Tu vas attraper un chaud et froid. Parce que quand tu arriveras chez toi

1. Sorcier.

tu ouvriras toute grande la porte du Frigidaire et tu boiras de l'eau glacée.

J'ai continué à courir ventre à terre et je suis arrivé à la maison. Je suis allé m'asseoir sur les marches du vieux bassin et j'ai pleuré à chaudes larmes. Pourquoi? Parce que Francis Sancher m'avait raconté des bêtises?

Je le dirai à Lucien Evariste, que Francis Sancher ne s'est sûrement pas battu dans la Sierra Maestra, il ne suffit pas d'être Cubain pour cela.

Oui, Francis Sancher était aussi mauvais que papa et je ne comprends pas que Mira soit venue à la veillée. Les gens vont dire qu'elle ne se respecte pas!

Pauvre Quentin! Il n'aura aucun souvenir de son père. Même pas une photo. Nous, nous avons beaucoup de photos de famille. Jusqu'à notre aïeul Gabriel. C'était un béké de la Martinique qui a épousé une Négresse. A cause de cela, sa famille l'a renié et il est venu s'installer à la Guadeloupe. C'est la photo que je préfère. Lui, avec ses lunettes et ses moustaches à la d'Artagnan. Elle, avec son madras calendé et son gros collier chou. Moi aussi, quand je serai grand, j'aimerais faire une chose terrible et défendue comme cela qui mettrait papa en rage.

Mais quoi?

DINAH

« Ah, n'aimez pas, n'aimez pas
Sur cette terre
Quand l'amour s'en va
Il ne laisse que les pleurs !
Ah n'aimez pas, n'aimez pas
Sur cette terre
Quand l'amour s'en va
Il ne laisse que les pleurs !
J'ai pris mon cœur
J'ai donné à un ingrat
A un jeune homme sans conscience
Qui ne connaît pas l'amour. »

Ma mère chantait cette rengaine en peignant ses cheveux couleur d'encre, curieusement parcourus de reflets roux. Elle les partageait par une raie qu'elle dessinait à partir de la base de son front, puis à force d'eau et de brillantine Roja, elle les forçait à ne plus s'entortiller autour du peigne comme les lianes du maracuja, mais à recouvrir sagement ses oreilles. Après quoi, elle époussetait ses épaules avec une petite brosse à manche d'ivoire, mouillait son cou de

« Soir de Paris » et s'en allait s'asseoir derrière la caisse du magasin de mon beau-père. Elle la quittait à midi trente très précis pour y revenir dès quatorze heures. Elle était de sang hollandais[1] née à Philipsburg et haïssait les habitants de Marigot, « frustes et grossiers, disait-elle, comme leurs maîtres, les Français ». Dans sa jeunesse, son père l'avait envoyée étudier à Amsterdam et elle me parlait sans cesse du Rijksmuseum où elle avait admiré les Rembrandt, de l'eau moirée et paresseuse des canaux et de la dure façade des maisons de pierre qui se reflétaient entre les barques. Au lieu d'étudier la pharmacie cependant, elle s'était fait faire un enfant, qui n'est autre que moi, par un étudiant indonésien qu'elle décrivait comme un fils de sultan, dans la réalité peut-être pauvre, aussi frileux, solitaire et perdu qu'elle-même sous ces cieux sans soleil. Rappelée au pays, son père fut trop content de la marier à mon beau-père, commerçant prospère, mais veuf, affligé de cinq enfants et qui la fit beaucoup souffrir. Aussi quand Loulou Lameaulnes est venu s'asseoir à notre table avec son grand front déjà déplumé et son costume de drill blanc raide empesé, elle a jugé tout de suite la situation et m'a dit :

– Il a trois garçons brigands et une fille bâtarde. Tout ce qu'il cherche, c'est une bonne pour eux. Voilà ce que tu seras !

Je ne l'ai pas écoutée puisqu'on n'écoute jamais les mères et que Loulou en ce temps-là avait les yeux bruns rêveurs. Loulou plaisait à mon beau-père, parce qu'il parlait avec autorité :

– La Guadeloupe d'hier est morte de sa belle mort. Ceux qui n'ont pas d'yeux pour le voir, ceux

1. L'île de Saint-Martin est divisée en deux parties, l'une française, l'autre hollandaise.

qui croient que les jours de la canne reviendront sont des fous. Mon aïeul Gabriel mériterait une statue, lui qui a vu clair le premier et a mis debout cette Pépinière. On se moquait de lui. On lui disait : « Les fleurs, ça ne se mange pas, Monsieur Lameaulnes. » Et par la suite, la Pépinière est toujours revenue à celui des héritiers qu'on croyait bon à rien, comme mon pauvre père, comme moi-même, comme Aristide après moi. Laissez parler ! Bientôt, ce sera l'Acte Unique Européen et je vendrai mes fleurs jusqu'en Angleterre. Oui, mes fleurs fleuriront la table de la reine d'Angleterre. Her Majesty the Queen. J'ai déjà mon slogan : « Les fleurs ont leur Paradis sur Terre : la Pépinière Lameaulnes. »

Après son départ, mon beau-père hochait la tête :

– Voilà un homme qui est bien déterminé.

Quand je suis arrivée à Rivière au Sel, j'étais dans la joie. Je ne voulais pas entendre les femmes démêlant leurs choux[1] sur le pas de leur porte et chuchotant :

– C'est la Saint-Martinoise, la Saint-Martinoise...

Je ne voulais pas voir les enfants refusant la caresse de mes mains. J'ai voulu travailler à la Pépinière. Toutes ces fleurs, toutes ces plantes dont les parfums et les couleurs m'étourdissaient ! Mais Loulou s'y est opposé :

– Les dames Lameaulnes ont toujours eu assez à faire chez elle.

Je suis donc restée chez moi, avec mes servantes, mes enfants et, peu à peu, cette maison de bois à la lisière de la forêt dense, sans lumière, sans soleil, paradis pluvieux des lianes à chasseur et des siguines, est devenue ma prison, mon tombeau. Ma jeunesse s'enfuyait. Par moments, il me semblait que j'étais

1. Coiffure.

déjà morte, que mon sang ne coulait plus chaud dans mes veines, qu'il était déjà caillé.

Cela fait des années que Loulou ne dort plus dans mon lit. Quand la noirceur est tombée, je ferme ma porte à clé et je me recroqueville, fœtus, entre mes draps.

C'est par les nuits de grand vent, quand il jette à terre les branches des arbres et les fruits encore verts, quand il couche les cases et fait valser les feuilles de tôle que je tremble le plus. J'ai beau prier Dieu, rien à faire. J'appelle à mon secours tous ceux, aujourd'hui disparus, qui m'ont aimée. Mon père dans mon rêve, brun et racé comme le pandit Nehru, ma mère, la douce Lina, toujours de l'eau plein les yeux. Ils répondent à mon appel. Ils s'asseyent à mon chevet et me réconfortent en me racontant les contes de ma jeunesse :

« En ce temps-là, je parle du temps longtemps, du temps d'avant avant, c'était la lune qui commandait. Chaque matin, elle se penchait hors du ciel et elle regardait la terre en disant :

– D'après moi, là, il faudrait une rivière. Là, une rangée de palmiers royaux. Là, un buisson d'ixoras rouges.

« Et sa volonté était faite. »

Je les écoute, je les écoute et le sommeil finit par me prendre vers les cinq heures du matin, quand les rayons du soleil colorient déjà l'alignement des persiennes et que les bonnes remuent au galetas.

Personne ne sait que je suis la cause du drame qui vient de trouver sa conclusion. Oui, moi. Moi seule.

Les malheurs des enfants sont toujours causés par les fautes cachées des parents.

Ce sont les bonnes que j'ai entendues les premières parler de Francis Sancher. Cornélia racontait à Gitane comment il cherchait partout un charpentier et était venu demander à Marval, son mari, de l'aider. Elle disait que Marval n'en ferait rien, même si on lui offrait tout l'or de la Guyane. Le même jour au déjeuner, Loulou a vociféré qu'on devrait l'expulser comme les Dominicains et les Haïtiens. Sur ce, Aristide a répliqué qu'il était bien content de trouver les Dominicains et les Haïtiens pour faire le travail de la Pépinière qu'aucun Guadeloupéen ne voulait plus faire. Comme d'habitude, ils ont commencé à babier, les gros mots sortant en torrent de la bouche de Loulou.

Après le déjeuner quand Dodose Pélagie est venue m'apporter une recette de gâteau aux patates, elle s'est plainte que le malheureux Sonny, son fils, passe tout son temps chez Francis Sancher.

A la fin, la curiosité m'a prise et je suis allée voir à quoi il ressemblait, celui qui mettait Rivière au Sel en ébullition.

Un homme bavardait avec Moïse, le facteur. Très grand. Très fort. Plié en deux, il dépassait Moïse de toute la hauteur de sa tête, de toute la largeur de ses épaules. Malgré la fraîcheur du serein, il était torse nu et on voyait le dessin dur de ses pectoraux au-dessus de la forêt de ses poils noirs comme l'encre qui contrastaient avec ses cheveux gris. Ses bras étaient de deux couleurs. Presque noirs à partir du coude. Dorés au-dessus. Malgré moi, j'ai pensé :

– Bon Dieu ! Avoir ce morceau d'homme nuit après nuit dans son lit !

A ce moment précis, il a tourné la tête vers moi et ses yeux ont plongé dans les miens comme s'il lisait mes pensées. J'ai voulu presser le pas, mais j'étais paralysée devant la haie de sang-dragon. Il m'a saluée.

Son visage était fait d'une chair riche, couleur de maïs bien rôti. Ses yeux promettaient de longs voyages. Sa bouche d'interminables caresses. Depuis des années, j'avais oublié à force que j'étais une femme et j'ai eu peur des désirs qui brutalement reprenaient feu en moi.

Je suis rentrée à toute vitesse à la maison. Mais le même soir, à travers portes et fenêtres closes, il est venu me rejoindre. Et la nuit suivante et celle d'après...

Grâce à lui, je n'ai plus vu ni entendu Loulou. Celui-ci pouvait passer sur moi sans s'occuper, prendre son plaisir dans le galetas au-dessus de ma tête avec mes servantes, commander, injurier, tout cela m'était égal. Parfois j'avais un sursaut et je mettais deux genoux en terre pour demander pardon au Bon Dieu de ma luxure. Toutefois, le serein n'était pas sitôt descendu que j'oubliais ces remords et que mes rêves me charroyaient.

Une nuit, après l'amour, je suis restée accrochée à son flanc comme une algue marine et nous avons parlé dans la noirceur. Je lui ai parlé de Loulou :

– Peux-tu comprendre? Qu'est-ce que je lui ai fait? Pourquoi m'a-t-il amenée de Philipsburg, si c'était pour me traiter comme il le fait? Est-ce que ma peau n'est pas claire? Mes cheveux noirs et bouclés? Est-ce que je ne lui ai pas donné trois beaux garçons? Je n'ai commis aucun crime. Ne devrait-il pas me traiter plutôt comme le Saint Sacrement?

Il a couvert mon visage de baisers :

– Petite enfant du Bon Dieu, c'est ainsi que nous sommes, nous autres hommes! Ni la peau, ni les cheveux n'y font quoi que ce soit. Les Blanches en métropole souffrent pareillement. C'est le lot des femmes tout simplement. Nous sommes nés bourreaux. Mais tu es encore jeune et belle. Pourquoi restes-tu à l'attache? Pourquoi ne t'en vas-tu pas?

M'en aller? Où donc?

Combien de temps a duré ce pauvre bonheur?

La nuit où Mira s'est enfuie, je l'ai attendu en vain. De même, la nuit suivante. Puis, Moïse est venu nous apprendre qu'elle s'était mise avec lui. Avec lui! Mira, c'est comme ma fille. Quand je suis arrivée chez Loulou, je l'ai aimée au premier coup d'œil, sauvageonne au cœur saignant. Par la suite, je l'ai comprise aussi et je priais, je priais le Bon Dieu pour qu'il lui pardonne son péché, si horrible soit-il, et lui envoie un Sauveur pour la délivrer de sa geôle.

Pourquoi fallait-il qu'elle me prenne Francis Sancher? Qu'elle me prenne justement l'homme qui arrosait mon désert?

La haine a brûlé mon cœur comme savane en Carême. J'ai appelé le malheur sur elle et Satan, toujours à l'affût, m'a entendue puisqu'elle est revenue avec son ventre, sa honte et sa douleur.

C'est moi la cause de toute cette détresse. Moi et moi seule.

Comme elle ne se doutait de rien, c'est à moi qu'elle se confiait. Mais l'histoire qu'elle me contait, loin d'exciter ma jalousie, mettait de l'eau dans mes yeux :

« Je n'ai jamais été heureuse avec lui. Même quand son corps était sur le mien, je savais que son esprit vagabondait dans des régions que je ne pouvais pas atteindre.

Parfois je me mettais en colère. Je lui disais :

– Est-ce que tu ne me vois pas devant tes yeux? Parle-moi!

Il haussait les épaules :

– De quoi? Je n'ai plus ni arc, ni lance, ni flèche. J'ai perdu tous mes combats. Bientôt, je vais perdre le dernier, celui de la vie.

Il s'approchait de la fenêtre et murmurait :

– Est-ce que tu ne le vois pas qui me guette?

Je m'approchais à mon tour et répliquais :

– Je ne vois rien qu'une tralée de bêtes à feu [1] qui zigzaguent dans la noirceur.

Ou encore :

– Je ne vois rien que Xantippe qui cherche son manjé lapin [2].

Alors, il riait tristement :

– Tu as deux yeux pour ne pas voir.

Quand je lui ai dit que je ne voyais plus mon sang, il est devenu doux, presque tendre. Je me disais : C'est le miracle de l'enfant! On a déjà vu cela.

Tous les matins, il me faisait boire un thé qu'il préparait lui-même avec des feuilles qu'il allait cueillir dans la rosée et des racines qu'il mettait à macérer dans l'alcool. Il affirmait que cela me fortifierait. Au contraire, je me sentais de plus en plus faible. Je vomissais du sang et des glaires. Parfois je tombais en état [3]. Un soir, il m'a donné une infusion très amère et d'un seul coup le sommeil m'a prise. Mon esprit s'est détaché de mon corps, paisible, paisible. Il m'a semblé que je revenais habiter comme autrefois le ventre ombreux de ma mère, Rosalie Sorane aux dents de perle. Je flottais, je nageais éperdue de bonheur dans sa mer utérine et j'entendais assourdis, affaiblis, les tristes bruits d'un monde dans lequel j'étais bien décidée à ne jamais faire mon entrée. Soudain, une affreuse douleur m'a transpercée. Je me suis réveillée et je l'ai vu penché sur moi. Il m'écartait sauvagement les cuisses d'une main et de l'autre, il tentait de me pénétrer avec une longue aiguille étincelante. Quand il s'est aperçu que j'étais réveillée,

1. Une traînée de lucioles.
2. Herbe à lapin.
3. Je m'évanouissais.

il s'est mis à pleurer en bredouillant : “ Il ne faut pas que cet enfant-là ouvre ses yeux au jour. Il ne faut pas. Un signe est sur lui, comme sur moi. Il vivra une vie de malheurs et pour finir, il mourra comme un chien, comme je vais bientôt mourir. Si je suis venu ici, c'est pour en finir. Boucler la boucle. Tirer le trait final, tu comprends. Revenir à la case départ et tout arrêter. Quand le caféier est rongé de pucerons et ne porte que des fruits mauvais, noirs et pierreux, il faut le brûler. ” »

Triste récit que je comparais à celui de ma propre vie. Cet homme-là aussi que j'avais cru différent n'était qu'un assassin. Il l'avait dit lui-même, un bourreau. Un sentiment insidieux, au goût inconnu, la révolte, me prenait. Une question qu'il m'avait d'ailleurs posée ne me laissait plus de répit. Pourquoi restions-nous à l'attache? Oui, pourquoi? Je me la posais, jour et nuit.

Un soir, Aristide a donné un grand coup de pied dans la porte de la chambre et a hurlé :

– Tu sais qui il a mis dans sa couche encore humide? Ah, il n'a pas perdu de temps! Vilma, Vilma Ramsaran!

C'est à ce moment-là que j'ai pris ma décision.

Autour de moi, les femmes prient le Bon Dieu :

« J'ai proclamé les morts, ceux qui ont disparu, plus heureux que les vivants, que ceux qui sont encore en vie aujourd'hui; et plus heureux que les uns et les autres est celui qui n'a jamais existé, celui qui n'a pas vu les mauvaises actions qui se commettent sous le soleil. »

Moi, ma résolution est prise. Je quitterai Loulou et Rivière au Sel. Je prendrai mes garçons avec moi. Je chercherai le soleil et l'air et la lumière pour ce qui me reste d'années à vivre.

Où les trouverai-je? Je n'en sais encore rien. Ce que je sais, c'est que je les chercherai!

SONNY

Les yeux fixés sur le cercueil, Sonny exprima par une chanson la peine qui débordait de son cœur. Sa mère assise à sa droite lui pressa fermement la main et il s'efforça de retenir les sons de sa douleur. Aux alentours, les gens se demandèrent une fois de plus pourquoi Dodose n'avait pas laissé à la maison ce malheureux garçon qui troublait les enfants et effrayait les femmes enceintes. On assurait que c'était de sa faute si Luciana, la toute jeune femme de Lucien, le charpentier, avait porté des mois durant un enfant mort pour en accoucher un matin dans la désolation de son mari. Elle s'était trouvée nez à nez avec lui et avait été saisie! Après cela, le sang de son enfant avait caillé dans son ventre!

Quand il avait été en âge, Dodose, qui refusait de regarder la vérité en face – malgré ce que les docteurs de La Pointe lui avaient dit et un voyage à Paris où son mari Emmanuel ne l'avait pas accompagnée pour consulter un professeur de la Salpêtrière –, l'avait emmené à l'école. Mademoiselle Léocadie Timothée, qui était encore en activité, était venue dans le serein la prier de le garder à la maison. Motif : il dérangeait les autres enfants.

Tandis que Dodose se répandait en paroles insultantes et appelait la vengeance du Bon Dieu sur cette sans-cœur que la tendresse d'un homme n'avait jamais réchauffée et qui ignorait ce qu'être mère veut dire, Sonny avait beaucoup pleuré. En quoi est-ce qu'il dérangeait les autres enfants, lui qui s'asseyait au fond de la classe, chantait pour lui seul et traçait des dessins sur son papier Canson? A la récréation, pour éviter leurs rires, il ne s'aventurait pas dans la cour et restait à la même place en essayant de se faire tout petit.

Aussi il prit une résolution. Sans rien dire à personne, chaque matin, il bourrait son cartable d'ardoises, de crayons d'ardoise, de cahiers et de pointes Bic et il s'en allait. Néanmoins, il avait compris qu'il lui fallait rester à bonne distance de l'école, assez près pour voir les petites filles dont les cheveux en gousses de vanille et les tresses soigneusement graissées brillaient au soleil, assez loin pour ne pas attirer l'attention des maîtres ou, plus grave encore, des garçons qui lui lançaient, avec des pierres, le mot « estèbekoué »[1].

Il avait vite découvert un excellent point d'observation : la galerie de la maison Alexis. De là, on entendait chaque hurlement des enfants jusqu'au moment où la cloche tintait et où le silence tombait brutal. En se juchant sur la balustrade, on avait vue sur tout l'alignement des classes.

Sonny avait un stock de chansons dans sa tête et ne savait pas lui-même d'où elles naissaient. Cela commençait depuis le petit matin quand il ouvrait ses

1. Demeuré.

yeux invariablement cireux et cela résistait aux coups de gueule du père.

– Dodose, faites taire votre garçon !

Cela continuait à travers la lumière du jour. Il y avait des chansons pour tous les moments du jour. Des chansons pour le moment où le soleil s'étire, faible encore au-dessus de la mer. Le moment où il triomphe aveuglant au milieu du ciel. Le moment où il paresse la bouche ouverte, vautré sur les nuages, et enfin celui où il descend se gorger de sang derrière la montagne. Toutefois, les chansons cessaient avec la nuit, quand la peur dévorante se levait en lui.

La nuit venue, Dodose lui répétait lasse, très lasse de le consoler quotidiennement :

– Ce n'est rien, voyons ! Ce que tu vois là, c'est un ATR 42 qui s'en va en Martinique. Ce que tu entends là, c'est la branche du manguier qui frotte sur le toit de la citerne.

Mais ces paroles étaient sans effet ! Sonny restait, suant, tremblant, suivant de l'œil d'invisibles chevauchées dans l'espace.

Le territoire du jour ne ressemblait en rien à celui de la nuit. Le premier était un enchantement de clarté avec les flaques d'eau dans les nids-de-poule de la route, les gouttes de rosée accrochées aux herbes et les confidences des grands arbres dans la fraîcheur des bois.

Sonny connaissait chaque trace. Quand l'école était fermée, il marchait jusqu'au plateau de Dillon qu'il atteignait en deux grandes heures suant et soufflant. Là-haut, il se sentait roi dominant de toute sa taille les espèces rabougries, mal nourries par la terre latéritique. Il cueillait à pleines mains des icaques, des banglins ou des goyaves qu'il ne pouvait s'empêcher de rapporter à Dodose, sachant cependant qu'elle jetterait le tout en soupirant :

– Où as-tu encore été ramasser ces saletés-là?

Il n'aimait rien tant que les jours où sans crier gare le grand vent se lève et où la pluie se hâte, chaude bénédiction du ciel.

Au contraire, le territoire indompté de la nuit était ténébreux, redoutable. Les esprits s'y cachaient, ne se trahissant que par les reflets de leurs gros yeux globuleux.

Sonny en était sûr : c'était à cause de lui que la vie de ses parents était ce qu'elle était. Emmanuel n'adressait la parole à Dodose que pour lui donner des ordres ou lui faire des reproches. Se plaindre par exemple d'un faux pli à sa chemise. Réclamer une brosse à reluire pour ses chaussures mal cirées. Questionner la fraîcheur du vivanot. Si Dodose s'entretenait sur la galerie avec Madame Mondésir ou Madame Ramsaran, Emmanuel ne fréquentait personne. A l'exception d'Agénor Siméus. Chaque samedi à seize heures tapantes, Agénor Siméus, la grille étant exceptionnellement ouverte à deux battants, remontait l'allée bordée de cocotiers nains et garait sa Peugeot 506 au pied du perron. Il s'en extirpait, tapotait au passage la joue de Sonny comme si ce dernier ne le dépassait pas à présent d'une tête, lui lançait un vigoureux : « Ça va, jeune homme? » avant de s'asseoir avec Emmanuel dans le salon. Emmanuel allait chercher deux verres et une bouteille de whisky Glennfiddich, puis mettait en marche la chaîne hi-fi qu'il avait achetée lors d'une réunion d'experts en forêts à Manaus et à laquelle personne n'avait le droit de toucher. Ensuite, il posait là-dessus un disque compact avec les précautions d'une sage-femme maniant un nouveau-né. Madame Butterfly se lamentait quelques instants, puis Agénor Siméus interrogeait :

– Tu as lu le dernier numéro du *Magazine Caraïbe*?

Emmanuel tonnait :

– Tu sais bien que je ne lis pas ces couillonnades-là!

Alors Agénor chaussait ses lunettes, tirait de sa poche des feuillets froissés et se mettait en demeure de lire quelque interminable Lettre Ouverte adressée par tel ou tel citoyen en colère à tel ou tel politicien en place. Emmanuel écoutait cette lecture dans le plus profond silence, puis concluait :

– Il n'y a jamais eu qu'un seul honnête politicien dans ce pays. C'est Rosan Girard!

Agénor bondissait :

– Pardon! Tu oublies Légitimus!

– Honnête! Honnête!

Et l'empoignade verbale commençait, chacun en prenait pour son grade, les socialistes, les communistes, les Patriotes, les assimilationnistes.

A six heures trente, le salon s'emplissait d'ombre et Emmanuel reprenait son souffle pour s'écrier :

– Dodose, nous ne voyons plus rien!

Tandis que celle-ci s'affairait, Agénor Siméus se levait debout et prenait congé de tout le monde.

Sur ce, la bonne sortait de la cuisine et annonçait :

– Manjé la pawé[1]!

Un matin, le soleil s'était levé comme les autres jours, pas plus brillant, pas plus mousseux. La montagne était verte. Le ciel, d'un bleu passé. Sonny s'empara d'une bouteille de pétrole, bourra son cartable de chiffons et prit le chemin de la propriété Alexis. Car plus Rivière au Sel se mettait à la craindre et à l'éviter, plus la propriété Alexis deve-

1. Equivalent de « Madame est servie ».

nait son bien exclusif, sa chose. Les esprits qui l'habitaient étaient tout en sa faveur et ne l'avaient jamais troublé, même pendant les grandes siestes qu'il y prenait l'après-midi, roulé sur le frais carreau de la galerie. Il prit sa route, coupant comme d'habitude par un bout de sous-bois que des phanérogames herbacées recouvraient d'un tapis couleur carmin, sautillant d'un pied sur l'autre.

Quand il déboucha sur la route, il crut que ses yeux le trompaient. La maison, sa maison était ouverte.

Un inconnu était debout sur la véranda à côté de Moïse le facteur.

Apercevant Sonny, ce dernier jeta brutalement :

– Fous-moi le camp !

Puis il expliqua à l'adresse de son compagnon :

– C'est le fils de Dodose Pélagie, la plus grande emmerdeuse de Rivière au Sel. Tu la connaîtras bientôt. Oh, elle entend le bruit d'une épingle de nourrice que l'on ouvre dans une chambre à coucher !

L'inconnu sourit :

– Comment t'appelle-t-on ?

Et comme Sonny restait là, muet, baveux, à se dandiner, grotesque, Moïse déclara :

– Est-ce que tu ne vois pas qu'il est tèbè [1] ?

Qui peut savoir pourquoi et comment la petite graine de l'amitié pousse racine et se met à tiger ? Sonny aurait dû haïr Francis Sancher qui faisait irruption dans son royaume et le saccageait. Au lieu de cela, il se découvrit un ami. Quelqu'un qui essayait de déchiffrer ses borborygmes. Qui lui essuyait le front et les lèvres d'un mouchoir miséri-

1. Demeuré.

cordieux. Qui peignait la vie sous les couleurs du voyage et de l'aventure.

Sous le regard méprisant de Moïse, acharné à lui démontrer qu'à ses yeux à lui, il n'était qu'un repoussant ver de terre, Francis Sancher battait des mains en mesure, accompagnant sa voix et déclarant :

– Tu es un merveilleux musicien !

Ses dessins aussi, Francis Sancher les aimait, et il questionnait :

– Où vas-tu chercher cela ? Dans quels rêves ?

Un jour, il s'exclama :

– Dieu de Dieu ! Connais-tu donc l'Italie ? On dirait la Villa Melzi sur les bords du lac de Côme !

Sonny n'était plus jamais seul ! Sa main pelotonnée dans la grande main tiède, il arpentait les bois, levant la tête vers les arbres empanachés de feuilles argentées. Francis Sancher l'interrogeait comme s'il s'attendait, vrai de vrai, à une réponse :

– Est-ce la vérité ce qu'on dit ? Que le gommier est appelé ainsi parce qu'il sécrète une gomme, bonne pour la fabrication des pirogues sur la mer ? Est-ce la vérité qu'une petite, toute petite décoction de l'écorce de ce bois-là fait lever invincible notre glaive ?

Dès que l'ombre se profilait, ils retournaient à Rivière au Sel, car Francis Sancher partageait sa terreur de la nuit. Il pressait le pas :

– Vite ! Vite ! Bientôt, ils vont rompre leurs chaînes.

Surtout, Francis Sancher partageait sa terreur de Xantippe. Quand il l'apercevait, rôdant à travers la savane ou debout raide sous quelque laurier doux, il bégayait :

– Tu l'as vu ? Tu l'as vu ?

Parfois, ils trouvaient le bougre aux abords de la

haie de sang-dragons posant sur eux son regard brumeux. Alors Francis Sancher se barricadait à l'intérieur :

– Il m'a suivi partout. Quand je traversais les rivières à gué, il était là. Quand j'enfonçais jusqu'à mi-corps dans les marais. Il ne m'a jamais lâché d'une semelle. Une nuit, j'ai plaidé avec lui : « Est-ce que tu ne connais pas le pardon? La faute est très ancienne. Et puis, je n'en suis pas l'auteur direct. Pourquoi faut-il que les dents des enfants toujours soient agacées? »

Moïse intervenait, présentant un verre de rhum :

– Allons! Cesse de déparler!

Francis Sancher vidait son verre, s'essuyait la bouche d'un revers de main et faisait d'une voix suppliante :

– Ce n'est pas moi, ce n'est pas moi qui ai fait couler son sang avant de le pendre à la tête du mapou lélé!

À ces moments-là, le voyant trembler comme un enfant, Sonny, soudain fort, grand, beau, sentait des torrents d'amour sourdre de son cœur pour réchauffer son ami.

Sonny avait pris l'habitude de cueillir au jardin de Dodose quelques oranges bourdonnaises ou quelques caramboles encore fraîches de rosée dont on agrémentait le petit déjeuner. Un matin, comme il arrivait avec son offrande quotidienne, qui vit-il attablée sur la galerie en face de Francis Sancher? Qui? Oui, qui? Mira Lameaulnes.

Elle était là avec son orgueilleuse blondeur qui faisait honte aux autres de la couleur de leur peau. Avec sa tignasse de soleil. Avec son odeur de fruit défendu.

Si quelqu'un avait moqué, martyrisé, poursuivi Sonny de sa méchanceté, c'était bien Mira. Quand sur le parvis de l'église elle s'arrêtait avec ses parents pour s'enquérir de la semaine écoulée, elle le brûlait du mépris de ses prunelles de chat vagabond, fureteur. Une fois qu'elle l'avait rencontré sur le plateau de Dillon alors qu'il ne faisait que la regarder, elle avait ramassé un bout de bois pour le menacer.

Qui avait transplanté ce mancenillier mortel sur son rivage?

Déjà, elle aboyait :

– Sors de là!

Sonny prit ses jambes à son cou, tandis que Francis Sancher se levait et hurlait :

– Attends! Attends au moins que je t'explique!

Expliquer quoi? Qu'y avait-il à expliquer?

Depuis cette trahison, Sonny n'avait plus revu Francis Sancher. Il n'avait plus repris le chemin de la propriété Alexis. En fait, il n'avait plus guère quitté sa chambre et son lit, fixant l'entrelacs des poutres du plafond et se chantant des chansons à se donner du cœur.

Quand Dodose, folle d'inquiétude, l'avait emmené au Centre Spécialisé de La Pointe le médecin, un métro, aux yeux couleur d'eau de pluie, l'avait examiné une grande heure avant d'exprimer son désarroi.

Il était mort, l'ami!

Autour de lui, dans la lueur des bougies, les visages des femmes grimaçaient comme ces mas qui l'effrayaient tellement quand Dodose, croyant le distraire, l'emmenait au Carnaval à La Pointe.

Une chanson fusa, perçante, de ses lèvres et Dodose, lui ayant vainement pressé la main, se résigna à l'entraîner sur la galerie.

Assourdis par le bruit de la pluie, les hommes avaient rapproché leurs chaises et riaient, têtes contre têtes. Adossé à un pilier, indifférent à tout ce bruit, Loulou Lameaulnes fixait un point dans l'espace.

LOULOU

« La reine d'Angleterre, Elizabeth II, sa couronne de diamants plantée droit sur la tête, est assise au bout de la longue table rectangulaire, couverte de fleurs de chez nous. Il y a bien sûr des fleurs cultivées, des arums, des orchidées, *spathoglottis plicata* surtout, originaires de Malaisie et aussi scorpions aux fleurs tigrées portées sur de longs épis incurvés, des lis de la Vierge aux lourds pétales bleutés, des roses de porcelaine qui semblent artificielles posées raides au bout de leurs tiges sans feuilles, des fleurs-trompette et des roses; mais aussi des fleurs qui poussent vivaces et sans soin, surprenant l'œil de leur floraison inattendue, la patate bord-de-mer, l'herbe mal-de-tête qui fleurit dans les sous-bois d'arrière-plage, la liane à ravet, le balisier jaune, le balisier rouge et tant et tant d'autres.

La reine d'Angleterre me sourit, elle a une dent en or de Guyane dans sa mâchoire inférieure, et me dit :

– C'est vous qui cultivez toutes ces fleurs?

J'incline la tête affirmativement et elle me demande :

– Comment s'appellent vos Pépinières?

Je réponds :

– Mais, depuis 1905, elles portent le nom de notre famille. Ce sont les Pépinières Lameaulnes.

Alors, la reine d'Angleterre me dit :

– Bravo! Désormais, vous serez notre fournisseur! By appointment to Her Majesty Queen Elizabeth II... »

Depuis plus de trente ans, sitôt les paupières closes, Loulou faisait le même rêve. C'est ainsi qu'il s'aperçut qu'il s'était endormi dans la rumeur de la pluie et de la nuit, le bavardage coupé de rires des hommes et le bourdonnement des prières des femmes.

Il ne savait pas d'où lui venait cet intérêt pour la cour d'Angleterre et ne savait pas non plus pourquoi ce rêve avait décidé de le poursuivre. La première fois qu'il l'avait fait, il s'était réveillé tout surpris, à côté de Mélissa, sa maîtresse d'alors, qui dormait comme une souche, un filet de bave brillant au coin des lèvres. Sa mère vivait encore, injuste, enfermée dans sa préférence pour son cadet de quatre ans, Paulo. Quand le rêve lui était venu une deuxième fois, il s'était dit que c'était peut-être l'indication d'un avenir qui amènerait enfin un sourire sur des lèvres pour lui toujours pincées. Sa mère comprendrait son amour. Elle apprécierait ses efforts. Mais les années avaient passé et le rêve ne s'était pas réalisé.

Loulou éprouva le besoin de s'en aller retrouver la chaleur de son lit. Car en vérité comment prétendre qu'il regrettait Francis Sancher, qu'il n'avait pas envie de lui souhaiter au bout d'une terrible traversée une plongée dans la mer brûlante de l'Enfer? Lui, l'athée qui ne croyait plus à toutes ces bondieuseries, il retrouvait sa crédulité d'enfant quand les malédictions de sa mère le faisaient trembler.

– C'est à la geôle que tu finiras ! Si le Bon Dieu ne te punit pas dans ce monde. Ce sera dans l'autre ! Tu ne perds rien pour attendre !

Pourquoi ne l'avait-elle pas aimé ? Une fois de plus, Loulou se posa cette question. Une fois de plus, il ne lui trouva pas de réponse. Profitant d'un moment où le feu roulant des blagues s'éteignait, avant qu'il ne se rallume, son verre plein à la main, il se leva. Déjà, Jerbaud, le maçon, s'était raclé le gosier et commençait :

– Méssié kouté, kouté[1]...

Ah non, ce n'étaient pas des blagues qui fusaient dans sa tête. C'étaient des pensées amères et vengeresses, des pensées meurtrières à l'endroit de ce mort malfaisant qui vivant avait empuanti sa vie :

« Non, non, non ! Ce n'est pas ainsi qu'il aurait dû mourir. Trop propre, trop douce, cette mort ! C'est la cervelle à l'air, éparpillée jusqu'aux lianes-trompette, le sang baignant les lichens et les mousses qu'on aurait dû le trouver. Puisque ce sans-graine[2] d'Aristide ne pouvait rien, c'est moi qui aurais dû agir. Et je n'ai rien fait non plus. »

Il avala une gorgée de rhum et le liquide incendia son palais avant de descendre, brûlant, le long de son œsophage. Malgré cela, il tremblait. De froid, d'humidité, car la pluie n'avait pas ralenti. Non seulement elle tombait goutte à goutte sur ce chapeau Panama qu'il était peut-être le dernier de la Guadeloupe à porter, mais une véritable mare clapotait autour de ses pieds, fortement chaussés de bottes vernies qu'il commandait depuis plus de trente ans à une boutique de La Nouvelle-Orléans. Il s'était rendu à La Nouvelle-Orléans en voyage de noces avec sa première femme et comme cette pauvre Aurore n'avait jamais

1. Messieurs, écoutez.
2. Sans couilles.

eu de santé, la preuve elle était morte à trente ans, le café et les do-nuts[1] du Quartier Français l'avaient couchée au fond de son lit dans sa chambre d'hôtel. Aussi était-il allé se promener tout seul, peu émerveillé par cette ville qui à ses yeux ressemblait au Cap-Haïtien qu'il avait visité, y ayant de la famille. A un détour de rue, il était tombé sur un bottier. Des bottes magnifiques dans la devanture ! Cent dollars de l'époque ! Il les avait payées sans marchander. C'était son seul bon souvenir de dix jours en tête à tête avec une épouse complètement inutilisable.

Il avala une nouvelle gorgée de rhum, se demandant ce qu'il faisait là, à écouter ces blagues grossières, ces contes cent fois entendus, ce ron-ron de prières hypocrites. Pourquoi la mort a-t-elle ce pouvoir ? Pourquoi impose-t-elle silence aux haines, violences, rancœurs et nous force-t-elle à nous agenouiller à deux genoux quand elle apparaît ? Bien plus ! Elle se hâte de transformer les esprits. Bientôt, quelqu'un commencerait de broder une légende autour de Francis Sancher et ferait de lui un géant incompris.

Ah, oui ! La mémoire de Rivière au Sel avait bien fait de son aïeul Gabriel, celui-là qui avait mis debout la Pépinière, un cœur sur la main qui dans sa grande bonté donnait du travail à tout le monde. Alors que ce diable d'homme, tout rejeté de sa famille qu'il était, à cause de son mariage avec une Négresse, détestait les Nègres qu'il employait et le leur faisait sentir. Il avait d'ailleurs de qui tenir. Le premier Lameaulnes, Dieudonné Désiré, qui avait une Habitation-sucrerie dans la région du Marin en Martinique, prenait la tête de ses esclaves pour cible et y logeait les balles de son fusil, se tordant de rire devant leur dernier rictus. C'est à ces époques-là, de

1. Beignets.

liberté absolue pour les plus forts, que Loulou aurait dû naître. Pas à une époque de Sécurité Sociale et d'Allocations Familiales. Deux semaines plus tôt, un des laquais de l'Inspection du Travail était monté le voir. Il avait entendu dire que la Pépinière employait des clandestins haïtiens et avait averti Loulou qu'il risquait de lourdes peines. Amendes. Prison. Loulou avait bien failli lui faire rentrer son français dans la bouche à coups de poing.

Oui, c'est à une autre époque qu'il aurait dû naître. Ou alors dans un autre pays. La Guadeloupe était trop petite pour lui. Elle ne permettait pas à un homme de donner toute sa mesure. L'Australie ! C'est là qu'il aurait dû voir le jour ! Vastes étendues de terres vierges incendiées de soleil. Corps à corps avec la Nature, rétive comme une adolescente qu'on force à l'amour.

L'imagination populaire est ainsi faite. Elle vous change un homme, vous le blanchit, vous le noircit au point que sa propre mère, celle qui l'a enfanté, ne le reconnaît pas.

Qu'est-ce qu'on avait fait de son frère Paulo ? Un doué, un artiste parce qu'il avait obtenu une mention aux Jeux Floraux pour un sonnet en vers. Alors que lui, Loulou, passait pour le crétin de la famille.

Quand, à seize ans, Ferdinand son père était mort, foudroyé par une piqûre d'abeille dans la gorge, ses oncles qui avaient toujours traité leur frère resté à peiner sur le bien familial à Rivière au Sel à peine mieux qu'un bitako[1], le surnommant Kakabef[2] et l'asseyant au bas bout des tables des repas de famille, s'étaient dit qu'après tout ces pièces de terre valaient gros dans le boom bananier. Ils avaient donc tourmenté l'esprit de sa veuve pour qu'elle s'en défasse,

1. Paysan.
2. Caca-bœuf.

puis leur confie l'argent de la vente et l'éducation de ses deux dragons. Mathilda aurait bien accepté lasse, lasse qu'elle était, avec ses deux garçons qui ne s'entendaient pas du tout et se battaient comme des chiens enragés. Mais Loulou du haut de ses seize ans avait dit :

– Je m'occuperai de tout.

Et il avait tenu parole.

Il avait quitté le lycée Carnot où, en mathématiques, il ne se débrouillait pas plus mal qu'un autre, et avait renoncé à tous les plaisirs. Il se levait à quatre heures du matin quand la nuit verrouillait encore l'horizon et peinait sous le soleil jusqu'au soir où il trouvait à tâtons le chemin de son lit, trop las pour baiser les femmes ou même y songer.

Pendant ce temps-là, Paulo se faisait recaler au bac, trois puis quatre fois, restait couché dans son lit jusqu'à midi, malparlait de lui derrière son dos et se faisait gâter par leur mère. Jusqu'au jour où, ayant pris le volant de la vieille Peugeot, il était allé s'écraser contre un des poiriers-pays bordant la route. Depuis ce jour, sa mère n'avait plus quitté le grand deuil et, repas après repas, s'était assise de l'autre côté de la table, le regard scellé dans le reproche, comme s'il avait poussé la voiture de ses deux mains.

Pourtant le renom des Pépinières Lameaulnes grandissait. De Nice, de Cherbourg, de Paris on lui commandait des anthuriums. Ses rosiers parfumaient les jardins de la Préfecture et ses filaos ombragaient les espaces verts. Mais de cela, personne ne lui savait gré. Les valeurs d'endurance et d'obstination ne plaisent à personne.

La pluie, chassée par le vent, inonda son pantalon. Il se leva, bien forcé à présent de se réfugier à l'intérieur de la maison, et rencontra le regard d'Aristide, ramassé sur lui-même comme une bête qui se prépare à rompre son attache. Sa haine pour son fils bouillonna dans son cœur. Avec mépris, il se rappela leur visite à Francis Sancher quand il s'était fait étendre dans la poussière. C'est après cette visite qu'il s'était décidé à agir seul.

Seul.

Il s'était dit qu'il fallait abandonner le ton de la menace et de la violence qui avait si peu réussi et avait préparé mentalement un petit discours. Sorti dans le bon matin, alors que les ouvriers agricoles traînaient misérablement les pieds vers leurs outils, il avait trouvé Francis Sancher, hirsute et cuvant un reste d'alcool sur la galerie. Mira, pareille à une servante, lavait le perron à grande eau.

Il s'était fait persuasif, voire suppliant :

– Ecoute bien ce que je suis venu te dire. Nous appartenons au même camp. Dans les livres d'histoire, on appelle nos ancêtres les Découvreurs. D'accord, ils ont sali leur sang avec des Négresses; dans ton cas je crois aussi avec des Indiennes. Pourtant nous n'avons rien de commun avec ces Nègres à tête grinnée, ces cultivateurs qui ont toujours manié le coutelas ou conduit le cabrouet à bœufs pour notre compte. Ne traite pas Mira comme si elle était l'enfant d'un de ces rien-du-tout.

Francis Sancher l'avait longuement regardé dans le blanc des yeux, puis s'était décidé :

– Tu as tort. Nous ne sommes plus du même camp et je vais te dire que je n'appartiens plus à aucun camp. Mais d'une certaine manière, tu n'as pas tort. Au début, c'est vrai, nous étions du même camp. C'est pour cela que je suis parti de l'autre côté du monde. Je ne peux pas te dire que ce voyage-là s'est bien terminé. Je suis naufragé, échoué sur la grève...

Loulou l'avait d'abord écouté poliment. Toutefois,

mesurant combien son interlocuteur s'égarait, il l'avait ramené dans le droit chemin :

– Ne me raconte pas des bêtises quand je viens te parler de ma fille.

Alors, Francis Sancher avait marché sur lui. Loulou, craignant de connaître le même sort qu'Aristide, avait regretté de ne pas avoir emporté avec lui son fusil à tirer les grives. Mais Francis Sancher ne l'avait pas touché, se bornant à lui cracher à la figure :

– Tu appelles cela des bêtises? C'est vrai, tu ne peux pas comprendre. Allez, fous-moi le camp!

Là-dessus Mira avait ralenti le va-et-vient de son balai-brosse et supplié :

– Va-t'en! Va-t'en!

Loulou était rentré chez lui, se demandant qui se vengeait. Sa mère enfermée pour l'éternité dans sa préférence aveugle? Paulo, privé de sa jeunesse et le faisant payer? Aurore Dugazon dont il avait si peu entouré les jours? Pour la première fois, lui, le lutteur, dur à la peine, qui en trente-cinq ans s'était offert deux fois dix jours de congé, d'abord pour conduire Aurore Dugazon à La Nouvelle-Orléans, tout cela pour la voir s'aliter dans une chambre d'hôtel à cause d'un café-crème, ensuite pour conduire Dinah à Amsterdam, ville pluvieuse, où, beau choix pour une bigote de son espèce, les putains s'exhibaient demi-nues dans des loggias éclairées de rouge, souhaita en finir pour de bon. Allonger ses vieux os dans la prison de marbre du caveau des Lameaulnes sous les filaos compatissants.

Quand l'affaire avait pris un tour effroyable, Mira revenant à la maison avec son ventre pour laisser la place à Vilma, Vilma Ramsaran, une enfant dont on avait fêté la Confirmation quelques années plus tôt, Loulou démonté avait conclu qu'il ne pouvait s'agir que de Paulo. Lui seul pouvait déployer pareille méchanceté. Il était allé trouver Sylvestre Ramsaran qui avait chanté « Maréchal, nous voilà » avec lui aux 14 Juillet du temps Sorin. Il ne savait jamais trop sur quel ton lui parler. Car s'ils avaient certainement autant d'argent l'un que l'autre, ils n'étaient pas de même race. Vingt ans plus tôt, un Ramsaran aurait gardé les yeux baissés devant un Lameaulnes. Rapprochés par la même infortune de père, il l'avait questionné avec angoisse :

– Qu'est-ce que tu comptes faire?

Sylvestre avait eu un geste d'impuissance :

– Carmélien et Jacques veulent finir avec lui[1]. Mais leur maman leur demande à quoi cela nous servirait d'avoir en plus deux garçons à la geôle. Comme Vilma n'a pas encore ses dix-huit ans, on pourrait faire un procès, mais tout ce que nous allons gagner, c'est notre nom dans *France-Antilles*.

– Alors tu vas rester là les bras croisés?

Il y avait eu un silence. Puis, Sylvestre avait repris, mystérieux :

– Moïse dit qu'il cache de l'argent volé dans une malle.

Loulou avait haussé les épaules et s'était éloigné.

La chaîne de montagnes se parait du vert fugitif des jours sans pluie. Car l'eau du ciel, tombée à remplir jarres, fûts et barriques, avait pour un moment rassasié la nature. Deux madères[2] à col grenat perçaient le cœur des hibiscus. Compère Général Soleil veillait sur son royaume.

Absorbé par ses pensées, Loulou avait d'abord croisé Xantippe à qui il n'avait pas accordé un regard; puis deux femmes que le Car Rapide avait déposées au carrefour et qui grimpaient la pente

1. Le tuer.
2. Oiseaux.

raide du morne. Elles ne purent s'empêcher de commenter :

– On dira ce qu'on voudra, le malheur a sa justice ! Il ne s'occupe pas seulement de ceux qui n'ont pas un sou qui les appellent maîtres ou qui sont noirs comme toi et moi. Non ! Il cogne à droite, il cogne à gauche. Les po chappé[1], les mulâtres, les Zindiens et, à ce que j'ai entendu, même les Blancs là-bas, en métropole ! Voilà un homme qui marchait droit, tellement droit. On n'aurait jamais cru qu'il se coucherait un jour comme tout un chacun au fond d'un trou. Regarde-le à présent !

Et c'est vrai que Loulou avait vieilli. Il ne lui manquait que les yeux rouges et la pipe maintenue par des chicots noirâtres pour ressembler à un vieux-corps.

Loulou chercha des yeux une chaise et d'un seul froncement de sourcils fit lever le malheureux Sonny qui, calmé, rythmait de soupirs la psalmodie des femmes.

« Il y a un temps pour tout; il y a sous le soleil un moment pour chaque chose. Il y a un temps pour naître et un temps pour mourir... »

Il prit un verre de rhum des mains de Mademoiselle Léocadie Timothée qui s'était levée et boitant bas, sa vieille tête dodelinant de grand âge et sa bouche marmonnant des prières, faisait tout de même le service.

1. Sang-mêlé.

SYLVESTRE RAMSARAN

« Carmélien et Jacques voulaient en finir avec lui. Rosa a pleuré en disant que cela ne servirait à rien d'avoir en plus deux garçons à la geôle. En fin de compte elle avait raison puisque, aujourd'hui, le Bon Dieu a fait justice. »

A la pensée de cette justice tombée d'en haut sans qu'il soit besoin d'aller la chercher, Sylvestre Ramsaran ne put retenir un petit sourire triomphant, bien peu de mise au chevet d'un défunt. Mais pouvait-il feindre une peine qu'il n'éprouvait pas?

Ce petit sourire n'échappa à personne et renforça l'opinion qu'à Rivière au Sel on se faisait : le cœur de Sylvestre Ramsaran était complètement gâté par l'argent. Il ne tenait pas de Rodrigue, son père, dont la réputation était telle que les nécessiteux faisaient la queue devant sa cuisine deux fois par jour aux heures des repas. Car une fois que la mort vous a couché un homme, finis les rancœurs, les désirs de vengeance. Aussi, Sylvestre Ramsaran ne devait-il pas triompher ouvertement de Francis Sancher. Sylvestre savait ce que les gens pensaient de lui et n'en souffrait plus. Au contraire. Il était heureux de son enveloppe de cuir de buffle! Il lui avait fallu des années pour la confectionner, et non sans mal.

Il avait commencé de la mettre bout à bout et de la coudre, petit garçon, après cette funeste première visite au temple. Sylvestre n'était que le quatrième garçon de Rodrigue Ramsaran. Aussi il n'intéressait pas vraiment son père. Il vivait sa vie d'écolier, cancre tranquille que les maîtres interrogeaient pour la forme trois fois le trimestre et ne prenaient même pas la peine d'envoyer en retenue. Le jeudi, il rôdait libre avec des garçons de son âge, visant les oiseaux avec son jeu de paume ou tentant de les attraper à la glu, cueillant des bouquets de fleurs sauvages pour sa mère dans l'adoration de laquelle il vivait. Un jour qu'il revenait des bois, le ventre à l'air, le visage poisseux de jus de mangue, son père, tout étonné, avait jeté les yeux sur lui :

– Danila, ce garçon-là a quel âge à présent?

Danila, qui les mains rouges plumait une poule, avait fait un rapide calcul :

– Il aura dix ans le 2 septembre!

– Dix ans!

Le dimanche suivant, sur ordre, Danila l'avait vêtu de blanc, avait tracé une raie dans ses épais cheveux noirs et lui avait soufflé à l'oreille d'un ton d'indicible fierté :

– Aujourd'hui, tu vas au temple avec ton papa!

Au temple? Ce mot n'évoquait rien. Sylvestre avait bien aperçu dans la chambre de ses parents où il n'entrait jamais des images, entourées de guirlandes d'ampoules multicolores, violemment coloriées, représentant des femmes aux mille bras sinueux, d'autres tenant d'une main une sorte de guitare et de l'autre une fleur, des personnages à trompe d'éléphant enroulée au-dessus de leur estomac rebondi.

Tout cela ne le concernait pas et faisait partie du monde mystérieux et inquiétant des adultes.

Le temple ne payait pas de mine, une case surmontée d'un drapeau rouge qui, mouillé par la pluie, s'enroulait comme un chiffon autour de son mât. Pourtant les mines recueillies autour de lui le convainquirent que quelque chose de grand allait se produire. Bientôt l'odeur de l'encens s'éleva tandis que le bruit d'un orchestre de cymbales et de tambours devenait progressivement assourdissant. Tout se passa comme dans un rêve et Sylvestre n'aurait su dire ce qui l'avait fasciné davantage du chant des officiants, de l'odeur des fleurs, des cierges et du camphre qui brûlait sur un plateau. Lui qui ne connaissait rien du passé de son peuple et dont l'imagination de ce fait ne s'évadait jamais au-delà des limites étincelantes de l'île se sentit mystérieusement transporté en un pays lointain, murmurant, odorant comme la mer.

C'est alors que des jeunes garçons, vêtus de blanc, avaient amené les cabris, rétifs et bêlants. On leur avait fait respirer de l'encens. Puis d'un seul coup, vlan, on les avait décapités. Leurs petites têtes aux yeux innocents avaient volé dans l'air cependant que leur sang coulant à gros bouillons avait inondé la terre. Alors un hurlement s'était élevé, mais Sylvestre ne savait pas qu'il sortait de sa bouche cependant que le flot brûlant de l'urine inondait, souillait son beau pantalon de drill blanc.

Depuis ce jour, Sylvestre était devenu celui-qui-avait-fait-honte-au-papa. Chaque fois que les Ramsaran étaient réunis, ils ressortaient, exhumaient cette histoire. Les bouches pleines de colombo[1] y ajoutaient des précisions fantaisistes, des détails à moitié

1. Plat à base de curry.

imaginaires, ce qui fait que Sylvestre finissait par ne plus savoir s'il avait vomi, uriné, déféqué, s'il avait hurlé, s'il s'était enfui terrifié au bout de la savane. Si par la suite Sylvestre était devenu un hindouiste fervent, n'omettant ni samblmani[1], ni divapali[2], rasant la tête de ses enfants sur les bords de la rivière Moustique, c'était pour effacer ces images-là. Hélas, rien n'y faisait. Branlant du chef, Rodrigue octogénaire répétait encore :

– I fè mwen ront tou bonman! Sé ront i fè mwen ront[3]!

Quand Sylvestre Ramsaran, à la sueur de son front, avait amassé plus d'argent qu'il n'en pouvait rêver, il avait voulu emmener sa jeune femme en Inde. Non pas en voyage organisé comme cela se faisait. En voyage individuel. Ils prendraient l'avion à Roissy-Charles-de-Gaulle et après avoir survolé la moitié du toit du monde, ils atterriraient sur une terre sans limite, là fauve et pelée, là verte et bruissante de cris d'oiseaux, accueillante comme une mère, rebelle comme une jeune épousée. Dans la cité de Jaipur, le vent gémit par les mille fenêtres du palais.

Mais Rosa avait fait la moue. Elle ne rêvait que d'un hiver à Paris, ville sans charme, où Sylvestre s'était rendu deux fois. Alors l'Inde s'était réfugiée dans ce coin des rêves qui ne prendront jamais vie.

Sylvestre avait été pour ses garçons un papa attentionné, si protecteur qu'il s'était fait du mauvais sang pour Carmélien jusqu'à son retour de Bordeaux, quand le garçon s'était mis avec Hosannah Taillefer, câpresse, pas Indienne pour deux sous –

1. Fête des morts.
2. Fête de lumière.
3. Il m'a fait honte!

mais le temps n'était plus, Dieu fait la loi, où les Indiens n'épousaient que les Indiennes –, qu'il se tourmentait pour Jacques qui au contraire de son aîné éparpillait sa semence au vent, qu'il serrait la vis à Alain foncièrement paresseux de nature et dorlotait Alix né par coïncidence le jour anniversaire de ses quarante ans. Toutefois, il avait toujours considéré que Vilma appartenait à Rosa et s'était tenu pudiquement à l'écart du cercle des femmes. Il n'avait montré son amour qu'en lui choisissant un mari, Marius Vindrex, le propre fils de son compère, héritier par sa mère, une Barthélemy, de terres grasses sises à Dillon et possesseur de la plus grande scierie de la région. Car dans la Guadeloupe d'aujourd'hui, ce qui comptait, ce n'était plus la couleur de la peau, enfin plus seulement, ni l'instruction. C'étaient nos pères qui s'échinaient pour pouvoir coller sur leurs cloisons des diplômes de papier sur lesquels chiaient les mouches. A présent, les bacheliers, brodeurs de français-français, assis sur le pas de leurs portes, attendaient leurs chèques de l'A.N.P.E. Non, ce qui comptait, c'était l'argent et elle, Vilma, en aurait à revendre. Déjà, Marius avait acheté un terrain à Sainte-Anne et projetait d'y faire construire une Résidence pour touristes, avec studios équipés de salles de bains.

Sylvestre ne comprenait pas pourquoi cette enfant qui ne lui disait jamais autre chose que « Oui, papa! », les yeux baissés, s'était rebellée, prenant un étranger, fainéant, à demi fou et d'âge à être son père. Qu'est-ce qui se passe dans cette calebasse secrète qu'est la tête d'une fille? Lui en voulait-elle parce qu'il l'avait retirée de l'école? Avait-elle décidé de le punir en salissant son nom?

Jusqu'à ce que Francis Sancher ait séduit sa fille, Sylvestre Ramsaran ne lui avait jamais accordé une pensée. Il avait bien d'autres soucis en tête! Au début de l'année, une dépression tropicale lui avait couché ses bananeraies. Misère de misère! Des tonnes de production à l'eau et pour ce qui était des indemnités le Préfet Diablotin gardait bouche cousue. Puis une maladie avait attaqué sa plantation expérimentale de limes. Les nouvelles cultures étaient aussi fragiles et capricieuses que des jeunes filles et on ne se lassait pas de regretter le bon vieux temps de la canne quand, bon an mal an, de pleins cabrouets cahotaient vers l'Usine. Ce n'était pas de bon gré que Sylvestre lui avait donné dos. Mais il faut marcher avec son temps!

Pas à dire, quelque chose se mourait dans le pays avec la canne! Comment appeler cela?

Sylvestre se rappelait comment pour le compte de Rodrigue il faisait la paie des ouvriers agricoles, appelant chacun par son nom, semaine après semaine :

– Louis Albert!

– Louison Fils-Aimé!

Comment il guidait les doigts gourds, serrant maladroitement les porte-plume qui griffaient le papier des registres. Comment il faisait claquer son fouet au-dessus de la tête des bœufs en conduisant son cabrouet. A présent, on marchait à l'électronique et Carmélien parlait tout sérieusement d'acheter un ordinateur pour son commerce de ouassous!

Non, il n'avait guère eu de pensées à gaspiller pour Francis Sancher! Un jour, il était entré « Chez Christian », ce qu'il faisait rarement, n'appréciant pas les boit-sans-soif qui y buvaient depuis le matin et il l'avait vu appuyé au comptoir. Même s'il était saoul à cinq heures de l'après-midi, on se rendait tout de suite compte que c'était un homme d'éducation et d'instruction qui n'avait rien de commun avec les culs-terreux qui l'entouraient. Il braillait une récitation :

« Je reviendrai chaque saison, avec un oiseau vert et bavard sur le poing... »

Et les hommes riaient derrière son dos, se touchant le front de manière significative. A quelque temps de là, Sylvestre avait entendu parler du viol de Mira et s'était dit en son for intérieur, sans s'apitoyer, qu'à force de traîner dans les ravines, elle y avait trouvé ce qu'elle y cherchait. Misère! Il ne savait pas que demain aurait plus laid visage et que sa fille, sa propre fille!... Une vague de colère le submergea. Qu'allait-il faire de l'enfant sans papa qui bientôt allait ouvrir ses yeux sur le monde? Qu'allait-il faire de la jeunesse saccagée de Vilma?

Il se tourna vers elle, abîmée en pleurs et alors croisa le regard de Rosa, sa femme, regard perpétuellement hostile, perpétuellement accusateur, démentant à tous les instants la docilité de son comportement. Bon sang de bonsoir! Qu'est-ce que Rosa pouvait bien lui reprocher? Au cours de leurs presque trente ans de vie commune, Sylvestre ne s'était évadé de son lit, pourtant peu accueillant, qu'une seule fois. Ah, Céleste Rigaud! Sur son lit de mort, il se souviendrait encore de l'odeur marine de ses cuisses. A ce souvenir, un sourire lui retroussa les lèvres et l'assistance échangea de longs regards choqués. En vérité Sylvestre Ramsaran oubliait-il en quel lieu il se trouvait et ce qui remuait dans le ventre de sa fille?

LÉOCADIE TIMOTHÉE

Ce mort-là est à moi. Ce n'est pas hasard si c'est moi qui l'ai trouvé, déjà boursouflé, dans la trace à l'heure où le ciel saignait derrière la montagne. Je suis devenue sa maîtresse et sa complice. Je ne le quitterai qu'au moment où les premières pelletées de terre tomberont sur le bois de son cercueil.

Et pourtant, de son vivant, je ne le portais pas dans mon cœur, cet homme-là, et j'étais bien de l'avis de ceux qui s'apprêtaient à envoyer une lettre recommandée au maire pour qu'on l'expulse comme les Haïtiens et les Dominicains qui transforment les terrains de football de Petit Bourg en terrains de cricket. Vraiment, ce pays-là est à l'encan. Il appartient à tout le monde à présent. Des métros, toutes qualités de Blancs venus du Canada ou de l'Italie, des Vietnamiens, et puis celui-là, vomi par on ne sait quel mauvais porteur, qui s'est installé parmi nous. Oui, notre pays a changé, c'est moi qui vous le dis. Dans le temps, nous n'avions pas connaissance du monde et le monde n'avait pas connaissance de nous. Les chanceux bravaient la mer jusqu'à la Martinique. Fort-de-France était de l'autre côté du monde et l'on rêvait de l'or jaune de Guyane. Au jour d'aujourd'hui, pas une famille qui n'ait sa branche en métropole. On visite l'Afrique et l'Amérique. Les Zindiens retournent se baigner dans l'eau de leur fleuve et la terre est aussi microscopique qu'une tête d'épingle.

J'ai été la première à ouvrir l'école à classe unique, ici à Rivière au Sel. C'était en 1920, j'avais vingt ans. Alors l'Usine Farjol employait encore son millier d'hommes qui vivaient dans les cases à Nègres éparpillées autour de la maison du géreur, celle-là seule où s'allumait et s'éteignait le soleil électrique. Tout le jour, ses cheminées lançaient plus haut que les plus hauts manguiers des jets de fumée couleur de goudron qui salissaient le ciel. L'air sentait la bagasse et le vesou. Mes élèves, cheveux en grains de poivre rouge, noirs comme la misère de leurs parents, nouaient leurs souliers par les lacets et les suspendaient, précautionneux, à leurs épaules. A midi, comme il n'y avait pas de cantine, ils mangeaient sous le préau leur farine de manioc et leur hareng saur. J'habitais quatre pièces et comme avant ce temps, je n'avais jamais quitté la maison de ma maman et dormi seule dans un lit, loin de la chaleur du corps de ma sœur, les chevaux de la nuit galopant jusqu'au devant-jour me tenaient éveillée du bruit de leur hennissement et de leurs sabots ferrés.

Le jeudi, j'enfonçais mes talons dans le sable de la plage de Viard, constellée de palourdes et de chaubettes, coquillages endeuillés comme des ongles de ménagère. Je ne savais pas nager. Aussi, je me tenais loin de la mer qui me hélait de sa voix de femme folle :

– Approche-toi près, tout près. Arrache tes vêtements. Plonge. Laisse-moi te rouler, te serrer, frotter ton corps de mes algues. Tu ne sais pas que c'est de moi que tu es née? Tu ne sais pas que tu me portes en toi? Sans moi, ta vie n'existerait pas.

Une fois, je suis tombée sur un homme et une femme qui faisaient l'amour sous un amandier-pays. Pas gênés, ils m'ont jeté des paroles si grossières que je me suis mise à courir. Le dimanche, j'allais à la messe de Petit Bourg. L'église comble sentait la sueur, l'eau de Cologne et l'encens. A distance respectueuse du Tabernacle, les hommes s'entretenaient sur le parvis des malheurs de la canne qui se mourait de sa belle mort. A l'intérieur, les femmes pâmées priaient Dieu et les enfants de chœur, petits diables en surplis, chantaient de leurs voix angéliques. Je frappais la serge bleue de ma poitrine et je sanglotais à l'Agnus Dei pour tous les péchés que d'autres avaient commis pour moi.

Pourquoi est-ce que j'avais choisi d'enterrer mes vingt ans dans ce trou? C'est que je voulais travailler pour ma race. Mon papa était du parti de Monsieur Légitimus, né dans une maison basse à côté de celle de ses parents à Marie-Galante. A quinze ans, il avait dû prendre la varlope et, de ce fait, il n'avait pas pu étudier au lycée Carnot pour former la « Société des Requins » avec d'autres enfants de malheureux comme lui qui ne voulaient plus voir la misère de leurs parents. Par la suite, il était devenu son bras droit et il galopait à cheval à travers la Grande-Terre pour réveiller l'esprit endormi des Nègres. C'est ainsi qu'il avait failli trouver sa mort devant l'Usine mal nommée de Bonne-Mère. Il m'avait élevée dans ses idées.

Mais à Rivière au Sel, la race avait mauvais goût. Les parents de mes élèves ne comprenaient pas pour quelle raison leurs enfants devaient perdre leur temps avec moi. Ils gardaient leurs garçons pour mener les bœufs boire l'eau des mares, en saison, pour amarrer la canne et à Noël, pour égorger le cochon. Leurs filles, ils en avaient besoin de jour comme de nuit.

Quand ils me croisaient, ils ronchonnaient des paroles dont je devinais à leur mine et aux plis de leurs fronts la signification. J'ai mis du temps pour comprendre la raison de leur attitude. Nos peaux étaient de la même couleur. Nos cheveux du même grain. Et pourtant, je vivais dans l'opulence sans souffrance d'une maison à galerie et à galetas. Je faisais écailler mon poisson par une servante qui me servait deux repas par jour. A leurs yeux, j'étais une traîtresse! Je souffrais de cet isolement, car j'aurais voulu qu'on m'aime, moi. Je ne savais pas que le Nègre n'aime jamais le Nègre.

Au fil des années, mon cœur s'endurcissait. Je me vengeais sur les enfants. Je les mettais agenouillés à deux genoux au beau milieu de la cour de l'école, le soleil planté comme un coutelas entre leurs omoplates et la sueur coulant salée sur leurs fronts. Je les faisais réciter jusqu'à s'enrouer des tables de multiplication, recopier des pages et des pages. Je ne les lâchais pas avant la nuit noire, trop heureuse de les regarder vaciller dans l'effroi de voir la forêt vomir Ti Sapoti ou le Lougarou.

Au bout de cinq ans, un Blanc est sorti de France pour m'inspecter et s'est exclamé :

– Mademoiselle Léocadie! Vous avez fait des miracles!

Et à trente-neuf ans je suis devenue directrice d'une école à quatre classes. Ma maman pleurait de joie.

C'est alors que toute ma vie a changé. On était en 1939. Autour de moi, les gens disaient que les Allemands allaient déclarer la guerre à la France. Certains stockaient de la viande salée, d'autres de la morue, d'autres de la farine de froment, assurant qu'on allait bientôt manquer de tout. Moi, j'avais mes propres soucis. Je regardais finir ma jeunesse. Comme elle avait passé! Elle avait coulé comme un cierge devant l'autel de la Sainte Vierge et il ne restait plus qu'une petite mare tiède de rêves fondus. Pendant longtemps, j'avais espéré qu'un homme relèverait la garde que je montais nuit et jour devant la solitude. Et puis cet espoir lui-même était mort.

A la rentrée d'octobre, on muta du Moule pour des raisons disciplinaires Déodat Timodent. Tout le pays connaissait son nom, car dans *La Voix du Peuple* il avait dénoncé l'enseignement de l'histoire, rappelant que nos ancêtres n'étaient pas des Gaulois. A présent, l'administration lui reprochait des faits bien plus graves. Dans un entrepôt des quais, il s'était réuni avec quatre de ses bons amis, un cordonnier, un charpentier, un instituteur et un médecin, un mulâtre celui-là, et avait discuté de communisme. A l'époque, tout le monde pensait que c'était une doctrine dangereuse et interdite. Aujourd'hui tout le monde est communiste ou indépendantiste.

Déodat Timodent était un Nègre rouge, pas très grand, pas très costaud, pas très élégant dans son costume de drill blanc tout froissé, sous son casque kaki, rien de bien remarquable dans l'apparence. Pourtant quand il eut posé sur moi ses yeux étincelants, quelque chose remua dans l'ombre de mon corps. Il se présenta respectueusement et prit possession d'une petite maison non loin de la mienne. Bientôt toutes les langues de Rivière au Sel ne tardèrent pas à se mettre en mouvement à son sujet. Chaque samedi dans son petit salon, c'était la biguine, la mazurka, la polka. Des femmes, des hommes montaient de La Pointe et dans la nuit vibraient les rires. Je me recroquevillais sur mon lit et m'efforçais de ne rien entendre. Le dimanche matin, quand je descendais à Petit Bourg, je passais devant sa porte, fermée sur des sommeils plus coupables que les bacchanales de la veille.

Au début de l'après-midi quand j'en revenais, des câpresses en combinaison de satin peignaient leurs cheveux frisés en se balançant, languides, dans des berceuses. Quand Déodat Timodent était avec moi, il ne faisait que me donner sans sourire du « Mademoiselle la Directrice ». Est-ce que je n'étais pas une femme à ses yeux? Jusqu'alors, je n'avais pas vraiment prêté attention à la figure ni au corps que le Bon Dieu m'avait donnés. Je me satisfaisais de mon intelligence qui m'avait menée du Débit de Boissons de mes parents à ma situation d'institutrice, puis de directrice d'école. Toutefois, je sentais bien que pour Déodat Timodent ce bagage-là ne pesait pas lourd. Un jour, lasse de tout ce respect, je me campai devant une glace et je m'examinai.

Qu'est-ce que je vis?

Une Négresse noire dont la chaleur faisait luire la peau grasse. Un visage que des yeux avides et tristes à la fois mangeaient entièrement au-dessus de pommettes creuses et d'une bouche serrée comme celle d'un coffre[1] sur trente-deux dents irrégulières, quoique très blanches. Une tignasse solidement plantée et dessinant au-dessus du front bombé une pointe de veuvage. Une silhouette plate comme une planche à pain, sans devant ni derrière. Aucune grâce. Aucun charme. C'était moi. Oui, c'était mon corps. C'était la prison dans laquelle j'étais condamnée à vivre. De ce jour, mon caractère s'aigrit. Je me mis à en vouloir à la terre entière, à mes parents surtout qui croyaient qu'améliorer la race consistait à l'instruire, à lui

1. Poisson.

bourrer le crâne de leçons d'histoire et de géographie locales ! A moi, il n'aurait suffi que d'un peu de beauté. Ou à défaut d'une peau claire qui chez nous fait le même usage.

Conséquence de mon nouvel état d'âme, ma file de punis s'allongea et ma liste d'admis au Certificat d'Etudes Primaires aussi.

Déodat Timodent vivait depuis quatre ans à Rivière au Sel, quatre ans de souffrances muettes. Est-ce que les hommes sont aveugles et ne voient pas l'amour qu'on leur porte ? En tout cas, d'autres le voyaient.

Ils le voyaient comme le soleil ou la lune en plein mitan du ciel et Rivière au Sel faisait toutes qualités de blagues à ce sujet. Le soir, les hommes s'asseyaient devant leurs cases en grattant leurs banjos tandis que les femmes chantaient entre deux ricanements :

« Maladie d'amour, maladie de la jeunesse... »

Ma servante, introduite dans le complot, fleurissait tous les vases de ma maison des roses fanées de l'amour sans espoir tandis que mes élèves écrivaient au tableau à l'encre rouge : « Limbé, limbé ».

Un jeudi, je n'en pouvais plus. Je courus jusqu'à la plage de Viard. La mer, méchante ce jour-là, encolérée par le vent qui, glacial, lui fouaillait les épaules, me tança en secouant dans tous les sens sa chevelure d'écume :

– Ecoute-moi bien ! Pourquoi gardes-tu ton hymen en conserve ? Est-ce que tu ne sauras jamais ce que pèse un poids d'homme, encore plus lourd après l'amour ? Est-ce que tu ne crieras jamais des cris du plaisir ? Ce Déodat, si c'est lui que tu veux, va et prends-le !

Emplie d'une énergie nouvelle, je remontai vers

Rivière au Sel, la sueur de la détermination dégoulinant le long de mon dos.

Déodat Timodent habitait en face de ce qui est devenu la maison forestière où vivent Dodose et Emmanuel Pélagie avec leur malheureux garçon. Il y avait des hibiscus rose pâle dans le jardin et une tonnelle de maracuja. Je poussai la barrière et j'entrai dans la galerie comme un cyclone qui a ramassé ses forces au-dessus de l'Atlantique et a enfin pris sa vitesse de pointe. Déodat est sorti en vitesse. Il était vêtu d'un petit caleçon jaune qui bâillait sur des profondeurs inconnues et je pus admirer ce corps, ce corps d'homme qui m'avait été promis comme à toutes les femmes, depuis le matin de la Création, mais dont je n'avais jamais pris possession.

Les biceps des bras, gonflés comme sous un effort constant, les pectoraux bombés en haut du torse plat, creusé d'un sillon planté d'une chevelure qui descendait en s'épaississant, la taille et le bassin rétrécis, les jambes superbes poteaux et tout le territoire pour l'instant caché à mon regard, mais dont je devinais la douceur ainsi que la ferme et puissante cambrure. La tête me tourna, je ne pouvais articuler une parole. Il me sembla que j'allais défaillir, m'évanouir dans l'attente. C'est alors que Déodat se mit à parler :

– Mademoiselle la Directrice, je m'excuse, j'aurai fini mes corrections demain. Demain.

De son corps, mes yeux remontèrent jusqu'à son visage. Sa bouche tremblait, ses yeux étaient terrifiés. Il avait peur. Oui, il avait peur de moi. Je venais m'offrir avec tout mon bagage, mon école à quatre classes et les palmes académiques dont le gouverneur m'avait décorée l'année précédente. Et il avait peur. Se méprenant sur mon silence, il répéta :

– Je vous le promets, Mademoiselle la Directrice. Promis, juré !

Toutes les paroles que j'avais préparées moururent dans ma gorge. Mon sang se glaça. Je ne pus que lui donner mon dos pour cacher l'eau salée de mes yeux et je me retirai aussi vite que j'étais venue. Une fois arrivée dans ma maison, je me jetai sur mon lit et je commençai de pleurer. Je pleurai depuis le matin jusqu'au soir. Je ne vis pas la nuit fondre sur Rivière au Sel comme un malfini. Il me semblait que ma vie pouvait aussi bien s'arrêter là, puisque jamais Déodat Timodent ne serait à moi.

Quand je me réveillai le lendemain matin, je me regardai dans ma glace et je me vis encore plus laide, encore plus noire avec une expression que je ne me connaissais pas : un air méchant et dur, fermé comme une porte de prison. Je compris que j'étais devenue une autre femme. Sans amour, le cœur des femmes se durcit. Il devient une savane désolée où ne poussent que les cactus. A partir de ce moment-là, des histoires encore plus terribles commencèrent à circuler sur mon compte. Les gens dirent que je faisais des kakwè[1]. Ils se mirent à m'appeler ouvertement « vié volan[2] », « vié Satan ».

C'était la guerre, le temps Sorin. Comme je possédais un morceau de terre que les enfants de l'école bêchaient pour moi le jeudi et le samedi après-midi, je ne souffrais pas trop. J'avais mes fruits à pain, mes ignames, mes pois d'Angole et mes pois savons. Un couple de lapins me faisait des petits. Mes poules pondaient des œufs gros comme le poing. Pour le reste, je me débrouillais, coupant moi-même mes robes dans des sacs de farine Fwans et me procurant des pneus de voiture pour tailler mes sandales. Oh, non, je n'étais pas élégante ! Les gens avaient raison

1. Sortilèges.
2. Vieille sorcière.

de pouffer de rire derrière mon dos, mais cela m'était bien égal.

Un après-midi, c'était un mardi, je m'en souviendrai jusqu'à l'heure de ma mort, j'apprenais à mes élèves une récitation[1] que j'avais découpée dans *La Guadeloupe Pittoresque*, car tout de même, je trouvais drôle qu'on n'apprenne jamais aux petits Guadeloupéens des choses de leur pays :

« Guadeloupe ! Ton ciel resplendit sur nos [têtes
De son bleu lumineux très doux et très pro- [fond;
Comme un flot colossal qui monte à l'horizon
Ta montagne est plus bleue encore dans tes [crêtes. »

Soudain j'entendis un grand bruit dans la cour de récréation et je vis s'amener une colonne de gendarmes, arme au poing. Déodat Timodent les vit aussi et sortit de sa salle de classe comme un fou. Pas assez vite ! Les gendarmes se saisirent de lui, lui passèrent les menottes et l'entraînèrent au-dehors, se démenant et injuriant sous le soleil.

Il paraît qu'il avait organisé des convois jusqu'à la Dominique pour ceux qui voulaient partir à la Dissidence et aider le général de Gaulle. Déodat Timodent ne fut libéré qu'au départ de Sorin. Les gens le traitèrent comme un héros. Depuis, il est entré dans la politique et il a été un député communiste pendant deux ou trois législations. Moi, je ne l'ai jamais revu.

Voilà, c'est la seule histoire d'amour dont je puisse parler.

1. Ce poème est de Dominique Guesde.

Depuis ce temps, en silence, l'âge est monté sur moi. Les années se sont accumulées. Mon cœur, mon corps ont oublié qu'ils appartenaient à une vivante et je me suis contentée de bêcher la terre rebelle de l'enseignement. De cette petite école de campagne qui n'a l'air de rien, peinte en rose et vert, derrière sa cour étroite, plantée de beaux manguiers dont, aux récréations, les effrontés font tomber les fruits à coups de jeu de paume[1] sont sortis un médecin cardiologue qui fait honneur à notre race et le directeur du lycée Gerville-Réache à Basse-Terre.

Les Lameaulnes, et Loulou comme les autres, ont toujours refusé d'y mettre leurs enfants. Pas question qu'ils apprennent à lire et à écrire à côté de petits Nègres, enfants de malheureux. Pourtant, vous pouvez me croire, si on m'avait confié Mira, j'en aurais fait quelqu'un, car je savais faire sortir du sang d'une roche. Elle ne serait pas là aujourd'hui sans instruction, sans bagage pour élever son enfant qui n'a pas de papa. A ce que j'ai entendu dire, Loulou ne veut pas voir l'enfant et dit qu'il faudrait le mettre à l'Assistance Publique. Si ce n'est pas une honte! Un enfant devrait toujours être considéré comme le plus beau cadeau du Bon Dieu!

Ah, il en aura fait du mal, ce Francis Sancher avant de prendre le chemin de la Vie Eternelle.

Je ne l'ai vu qu'une seule fois de son vivant! Cela m'a bien suffi! Tous les matins et tous les soirs pour dérouiller mes vieux os, je fais une promenade, celle du matin plus courte que celle du soir. Le matin, je pousse mon corps jusqu'à la Pépinière Lameaulnes, avec parfois un petit détour par la trace Côte de Fer. Je hume la rosée, je regarde le soleil, d'abord ensommeillé et paresseux, prendre force et monter

1. Fronde.

s'asseoir dans le ciel, je cueille des feuilles de verveine sauvage pour mon thé du soir. Des fois, je rencontre Man Sonson, debout comme moi dans le devant-jour et nous faisons un causer.

C'est comme cela qu'un jour, un matin, j'ai rencontré Francis Sancher. J'avais quitté la route, droite entre les filaos, et j'étais entrée dans le sous-bois, après avoir longé le champ d'ignames portugaises de Pè Salvon. Elles venaient bien, ces ignames-là ! Leurs feuilles étaient brillantes, comme passées au vernis. Leurs tiges s'enroulaient gracieusement autour de leurs tuteurs.

Oh, j'avais entendu parler de lui par le menu et le détail. Pourtant, je ne l'avais jamais vu de mes deux yeux, cet homme qui mettait Rivière au Sel en ébullition. Quand même je n'ai pas eu une minute d'hésitation. Un mulâtre foncé, robuste, les cheveux trop grisonnants pour son visage que ne marquait aucune ride, était assis sur un tronc d'arbre à l'entrée de la trace et semblait loin, loin, de la terre des vivants. Je m'avançai, curieuse, pour le regarder de tout près et me faire mon idée du personnage quand mon pied manqua et que trois roches se détachèrent, roulèrent et butèrent pour finir sur une souche. Au bruit, il releva la tête, me vit et se mit debout tandis qu'une terreur folle déformait ses traits, agrandissait ses yeux, écarquillait ses lèvres. Il avait peur. De moi. J'allais pour lui crier :

– Mon nom, c'est Léocadie Timothée. J'habite aux Trois Chemins, près de la tête du morne.

Mais il s'est mis à courir, courir avant de disparaître dans la noirceur entre les arbres et je suis restée là, la main sur ma bouche qui retrouvait le goût oublié des vieilles souffrances. C'est vrai. Je ne savais plus que j'étais un épouvantail à faire fuir les hommes, l'amour et le bonheur. Ils ne se poseraient jamais sur mes branches. Je suis rentrée chez moi, j'ai barricadé ma solitude et j'ai pleuré toutes les larmes de mon corps, j'ai pleuré comme je n'avais pas pleuré depuis cinquante ans. Je me suis rendu compte que mon cœur était resté un oignon fragile, fragile, enveloppé de couches de peaux que je croyais coriaces, mais qui laissaient passer sans difficultés la lame du couteau de la souffrance.

Je n'ai plus jamais revu Francis Sancher. J'ai entendu qu'il avait continué ses méfaits et jeté cette fois son dévolu sur l'innocente Vilma que j'ai vue gonfler mois après mois le ventre de Rosa qui n'arrêtait pas, malgré tout ce qu'on lui disait, de pleurer sa petite Shireen, décédée quelques mois auparavant, avant d'entrer dans notre monde sans joie, un matin de juin alors que Sylvestre était allé acheter des bœufs au Moule, ce qui fait qu'il n'a vu sa fille que vieille de deux jours. Je ne vous le cache pas, j'ai souhaité à cet homme-là, qui était venu planter le malheur chez nous, beaucoup de mal et je crois bien que pour une fois le Bon Dieu m'a écoutée. J'ai beau me forcer, je ne peux prétendre que j'éprouve autre chose que ce sentiment égoïste que donne la vue d'un mort : la peur de notre demain. Pour un peu, je changerais de place et j'irais m'asseoir dans l'autre pièce ou sur la galerie où se tiennent ceux qui ne se soucient pas de faire semblant, qui regardent la hauteur du rhum dans les bouteilles et vident leurs assiettes de soupe grasse en écoutant Cyrille crier ses « yé krik » et ses « yé krak ».

CYRILLE, LE CONTEUR

« Yé krik, yé krak!

Mesdames, messieurs, je vous dis bonsoir; je vous dis bien le bonsoir. La compagnie, bonsoir! Moi que vous voyez là devant vous, pareil à un bwa bwa[1] que l'on promène dans les rues de La Pointe en temps de Carnaval, je ne suis quand même pas un Nègre ordinaire. Car c'est ça que vous croyez, hein? Vous vous dites : Cyrille n'est pas loin de ses cinquante ans et tout ce qui l'appelle maître sous le soleil, c'est une maison en parpaing, même pas peinte avec ça, la gouttière cassée et l'eau du toit débordant, floc-floc, par grandes pluies. Pourtant, laissez-moi vous dire, quand j'avais vingt ans, je me suis senti fatigué de cogner aux mornes et aux montagnes de cette miette de terre et j'ai dit : " A nous revoir! " Je suis parti pour Marseille. Là, j'ai pris un bateau qui attendait dans le port et me voilà tanguant, roulant sur la mer jusqu'à... jusqu'à Dakar. En Afrique. Je dis bien, en Afrique. Et là qu'est-ce que j'ai vu, mesdames, messieurs? Pas du tout ce qu'on raconte. Des Nègres tout nus et qui se mangent les uns les

1. Mannequin, marionnette.

autres. Non! Des Mercedes Benz. Vous connaissez ça, vous? Est-ce qu'il y en a sur les routes de ce pays? Des drapeaux bien à eux, jaune-rouge-vert. Des palais de présidents avec des présidents en queue-de-pie. Des putains dans la soie et le lamé roucoulant : " Tu viens, chéri? "; aïe, papa! Je serais bien resté là, moi, en Afrique. Mais les Africains m'ont donné un grand coup de pied au cul en hurlant : " Retourne chez toi! " et je me suis retrouvé ici devant vous, pour vous raconter ce conte que, quand même, j'ai eu le temps d'entendre chez eux. " Un jour, l'hyène, le singe et le lion... " »

Debout sous la bâche qui faisait eau, Cyrille faisait ses pitreries ordinaires et les gens s'esclaffaient. Pourtant son cœur n'y était pas. Quand Alix Ramsaran l'avait trouvé les deux pieds dans la terre de ses buttes d'ignames pour lui annoncer que Francis Sancher était passé de vie à trépas et qu'on souhaitait sa présence à la veillée, il en avait été estomaqué. C'est que quelques jours auparavant, moins d'une semaine en vérité, il était tombé sur Francis Sancher. Un petit matin, dans la trace Saint-Charles, assis sur un tronc d'arbre. Comme il ne se mêlait pas aux cancaniers de Rivière au Sel et se souciait peu de savoir combien de ventres de filles Francis Sancher avait fait enfler, il l'avait salué poliment :

– Sa ou fè?

L'autre avait eu une moue expressive comme si une colique lui nouait les boyaux en ce moment précis et lui avait fait signe de s'asseoir près de lui. Cyrille avait obéi, toujours par politesse, et Francis Sancher avait tiré d'une macoute une bouteille de rhum marie-galantais, celui-là même qui vous fait chavirer si vous n'avez pas la tête bien vissée sur les deux épaules. Cyrille avait décliné l'offre. Il n'était pas de ceux qui boivent sitôt les yeux ouverts et Francis Sancher lui avait dit, désignant la Soufrière, sage et sereine, une écharpe de voile gris nouée autour du cou :

– J'aimerais qu'il pète, ce volcan ! Qu'il mette tout à feu et à sang ! Comme ça je ne serais pas seul à partir.

Cyrille surpris avait commenté :

– C'est un bon volcan, n'y a pas à dire. La dernière fois qu'il s'est mis en colère, c'était en 1976. Cela fait plus de dix ans à présent ! Mais ce qui nous a fait peur, je dis peur, c'est en 1956. Je venais d'avoir mes vingt ans. Aussi je ne croyais pas à la mort. Un matin, j'ai ouvert mes yeux et tout était noir. Une pluie de cendres était tombée sur les fleurs, les feuilles, les bêtes au piquet dans les savanes et l'eau des rivières charroyait le deuil. Ah, cette fois-là, ça n'a pas été un jeu !

Francis Sancher avait regardé autour de lui :

– Tu vois, ça ressemble fameusement à chez moi, ce petit coin-là !

Cyrille, curieux tout de même, curiosité n'est pas péché, avait glissé :

– Chez vous, c'est à Cuba à ce qu'on dit?

Mais Francis Sancher avait secoué la tête :

– Non ! Cuba, c'est le pays que j'avais choisi pour ma re-naissance. Vois-tu, là j'étais naïf. C'est impossible. On ne re-naît jamais. On ne sort jamais deux fois du ventre de sa mère. On ne peut pas lui dire : « Ça n'a pas marché, reprends-moi, fœtus ! » Une fois qu'on est debout sur ses deux pieds, on doit marcher jusqu'au bout, jusqu'à la tombe. J'ai marché jusqu'à fatiguer ! Le marathon a commencé depuis longtemps. Il paraît que mon aïeul-aïeul, un certain François-Désiré, le premier de cette sinistre lignée que je voulais éteindre avec moi était un Français, un fils de haute famille, qui ayant commis un premier crime a enjambé la mer et transplanté sa pourriture dans ces îles.

Cyrille, étourdi par ce verbiage et décidé à montrer qui il était sous le rapport de la parole, avait réussi à placer :

– Si je vous dis que depuis le premier, premier voyage, ma famille n'a pas quitté ce coin de pays. Qu'elle est restée fichée en terre comme roche. Qu'elle n'est même jamais allée jusqu'à cette île plate comme la main qu'on aperçoit là-bas par beau temps d'embellie : Marie-Galante ! Moi le plus loin que je suis allé, c'est en l'autre bord, à Deshaies. On m'avait appelé pour veiller Zéphyr, un maître conteur, qui entre nous soit dit tétait trop à la bouteille. Pas que je n'estime pas le rhum ! Il faut qu'il coule pour que les cierges brillent et que les femmes les yeux en eau puissent prier Dieu. Nos anciens disaient : « Si pa ti ni wom, pa ti ni lapwyè[1]. » Vous saisissez ? Mais trop, c'est trop. Et un jour Zéphyr est tombé dans son champ. Mort.

Francis Sancher avait profité du moment où Cyrille laissait s'enfler dans le silence le mot « mort », pour reprendre :

– C'est bizarre, hein ? Au moment où je dois la rencontrer, je plaiderais bien pour quelques jours, quelques semaines, quelques mois de plus. La scélérate ne m'a pas laissé en repos une seule minute. Elle m'a tourné, viré, fait valser sans musique et pourtant, je m'aperçois à cette heure que je continuerais bien à marcher à sa baguette. Hélas, on n'y peut rien, il ne me reste que quelques jours.

Quelques jours ?

Sur le moment, Cyrille n'avait pas prêté grande

1. S'il n'y a pas de rhum, pas de prière.

attention à ces propos. Si quelqu'un pétait la santé, c'était bien Francis Sancher, chapeau bakoua enfoncé au ras des yeux, à l'étroit dans ses habits bien repassés qui prouvaient qu'il avait une femme à la maison. D'ailleurs il l'avait bien vite oublié. Il avait rencontré Xantippe avec sa figure de mas' qui faisait mine de chercher du manjé-lapin et il s'était dit en son for intérieur qu'il faudrait l'avoir à l'œil, ce vagabond que l'on assurait inoffensif, mais dont le regard donnait le frisson. Bon Dieu merci, Rivière au Sel était à l'abri de ces crimes fréquents dans le reste du pays, vols, viols et meurtres! Où allait-on? N'avait-il pas lu dans son *France-Antilles* quotidien que trois adolescents avaient braqué une station-service du Moule? Rentré chez lui, il avait dû affronter Sandra, sa femme, qui s'était mise à babier parce qu'il avait pris tout ce temps pour lui cueillir quelques malheureuses feuilles de siguine.

Néanmoins, quand Alix était venu le chercher, il s'était rappelé cette rencontre des jours précédents, réalisant que cet homme bavard et ma foi assez enjoué l'attendait, sa mort. Et qu'il avait peut-être bien été le dernier à le voir en vie. Car, mademoiselle Léocadie Timothée avait buté sur son cadavre au sortir de la trace Saint-Charles, à deux pas d'une petite bambouseraie que dans le temps les pêcheurs de ouassous saccageaient et qui à présent s'épanouissait vivace.

Oui, c'est sa mort qu'il attendait, assis sur ce tronc couvert de mousse, une colonie de fourmis toc-toc s'affairant inlassables et fiévreuses entre ses pieds. Comment s'était passée la rencontre? Avait-il entendu son pas froisser l'herbe mouillée? Avait-elle surgi, surprenante, entre les fleurs de balisiers? S'était-elle adossée à un merisier et l'avait-elle d'une toux rêche de fumeuse de Gitane averti de sa présence?

Cyrille, conteur dont la réputation n'était plus à faire et qu'on s'arrachait de Petit Bourg à Vieux Habitants, en avait vu des morts! Des obèses, des la-peau-sur-les-os, des courts, des hauts, des rouges, des noirs noirs, des presque blancs, des zindiens, tous égaux dans la rigidité et le froid cadavériques. Toutefois, il n'avait jamais rencontré la mort elle-même. Lan-mo[1]. Il l'imaginait sous les traits d'une Négresse aux dents de perle, riant nacrées entre ses lèvres charnues, couleur d'aubergine black beauty et s'avançant avec un balancement mi taw, mi tan mwen[2] qui déchaînait le feu dans les entrailles. Ou alors sous les traits de Mira, chabine roussie à mettre le feu à un bénitier.

Car si elle était laide à faire peur, la mort, laide et grimaçante, une faux à faucher sur l'épaule, pourquoi la suivraient-ils tous? Tous sans exception. Francis Sancher l'attendait. Et peut-être s'il avait traîné sur les lieux, il l'aurait vue lui aussi et c'est deux cadavres qu'on aurait trouvés dans la boue. A cette pensée, les dents de Cyrille s'entrechoquèrent et il se mit à bredouiller :

– Voilà - il - s'agissait - d'une - fille - elle - était - très - coquette-elle-déclara-qu'aucun-homme-ne-pourrait-se-marier-avec-elle-si-s'il-avait-sur-le-corps-la-plus-petite-marque-je-veux-dire-cicatrice.

Saisis, les gens se regardèrent. Qu'est-ce qui arrivait à leur conteur préféré de déparler?

1. La mort.
2. Aguichant.

ROSA, LA MÈRE DE VILMA

Cyrille le conteur parle, parle et son histoire me rappelle une autre histoire que ma maman me racontait par les longs jours de pluie de septembre quand les nuages volaient noirs et bas à l'horizon pareils à des malfinis.

« Au Matouba, une maman avait une fille à laquelle elle tenait comme à la prunelle de ses yeux. La fille était belle, très belle; la bouche, une prune café rose et mauve; les yeux, deux étoiles descendues du firmament. Elle ne voulait se marier à personne. Les gens sortaient de Grande-Terre, les bras chargés de fleurs, de fruits et de " racines " pour demander sa main. Elle faisait sa difficile, pinçait sa bouche, secouait sa chevelure dans tous les sens et montait s'enfermer dans sa chambre. Un jour qu'elle était au galetas et le visage à la fenêtre, prenait la fraîcheur qui descendait des pentes du volcan, elle vit arriver à dos d'un cheval gris pommelé un grand bel homme, le fusil en bandoulière. Elle le regarda, le regarda, puis descendit trouver sa maman :

– Petite Mère, Petite Mère, j'ai vu l'homme que je veux épouser.

La maman secoua la tête et dit :

– Pitite an mwen[1], attention! Les hommes ne sont pas bons. Celui-là que tu ne connais ni en blanc ni en noir est peut-être même un guiab'[2]. Il va te dévorer.

La fille ne voulut pas l'écouter... »

Moi, Rosa Ramsaran, je n'ai pas peur de dire que tous les hommes sont des guiab'. L'un ne sauve pas l'autre!

Quand on m'a mariée à Sylvestre Ramsaran, personne ne m'a demandé mon avis. Je vivais heureuse dans la maison de mes parents. Sur la terre des Grands Fonds, les bœufs de mon père paissaient en troupeaux serrés, mugissant par intervalles comme des conques de lambi et relevant vers le ciel leurs mufles noirs. Le dimanche, mes sœurs et moi nouions des rubans de taffetas bleu à nos tresses. Un jour, le père m'a appelée :

– Sylvestre Ramsaran vient manger avec nous. Tu verras, c'est un bon bougre. Tu habiteras à Rivière au Sel. C'est loin, c'est en Basse-Terre. Mais tous les mois il t'emmènera nous voir et, aussi, vous passerez chaque Noël avec nous.

Sylvestre Ramsaran est arrivé à midi tapant, un chapeau de feutre sur la tête, des tennis aux pieds et l'air fanfaron.

J'ai dit à Gina, ma sœur :

– Jamais au grand jamais, je ne pourrai épouser celui-là!

Mais Gina m'a rabrouée :

– Ce sont tous ces livres que tu lis qui t'ont gâté

1. Mon enfant!
2. Diable.

la tête. Et puis qu'est-ce que tu trouves à notre vie dans cette odeur de caca-bœuf? Si je pouvais partir à ta place, je partirais! Il paraît qu'il a tellement d'argent, encore plus d'argent que le père et qu'il va tout le temps en métropole.

Le père m'a mariée dans le luxe parce que j'étais la première fille à quitter la maison, j'ai fait un voyage à Porto-Rico pour acheter ma robe de pure dentelle et mes escarpins de satin blanc. On sabra des bouteilles et des bouteilles de veuve-clicquot, mais mes larmes coulèrent plus fort que le champagne. Vers vingt-deux heures, Sylvestre et moi, nous sommes partis pour Rivière au Sel. Sylvestre ne me parlait pas. Dans les virages, il chantait :

« Amantine, Amantine ro
Rouvè la pot ban mwen
La pli ka mouyé mwen[1]. »

Arrivés à Rivière au Sel, il faisait noir. Des réverbères qu'on aurait dits suspendus dans la touffeur de la végétation éclairaient des pans de route. On distinguait les points lumineux des cases.

Sylvestre m'a fait mal. Il m'a déchirée.

Quand le soleil s'est levé, j'ai couru sur la galerie et ce que j'ai vu m'a oppressée. Une masse d'un vert sombre d'arbres, de lianes, de parasites emmêlés avec çà et là les trouées plus claires des bananeraies. Veillant là-dessus, la montagne, terrible. J'ai pensé dans mon cœur :

– Bon Dieu, c'est là que je vais rester!

1. « Amantine, Amantine oh
Ouvre-moi la porte
La pluie me mouille. »

Aux Grands Fonds, chez nous, la terre est plate comme le dos de la main. Les cannes ondulent jusqu'à l'horizon. Les ailes du vent portent les voix.

Pourtant, peu à peu, à la surprise de mon cœur, je me suis mise à aimer Rivière au Sel. De la forêt qui nous environne, monte comme un appel. Remontant la trace Saint-Charles, je m'enfonçais au milieu des bois, je déambulais entre les colonnes des arbres portant haut leur houppier. Je m'asseyais entre leurs contreforts et restais là des heures entières.

Bientôt cependant, je n'ai plus eu de temps pour cela, car Sylvestre m'a fait coup sur coup deux garçons, Carmélien et Jacques. Il était fier d'avoir des garçons. Il répétait :

– Le morceau de fer[1] marche bien !

Moi aussi, les premiers temps, j'avais été fière. Quand la sage-femme s'exclamait : « Sé an ti-gason, oui[2] ! » mon cœur bondissait dans ma poitrine. Mais j'ai vite déchanté, car j'avais compté sans Sylvestre. Dès que les garçons savaient redresser en l'air leurs petites têtes, il les emmenait partout avec lui. Les gens l'interpellaient :

– Ho, Sylvestre ! Est-ce que tu oublies que ce n'est pas ton ventre qui les a portés ? Un homme, ce n'est pas une femme !

Mais il ne s'occupait ou bien il répondait :

– Expliquez-moi la différence parce que je ne la vois pas.

Des fois même quand il s'en allait chasser les grives et les ramiers, il les emmenait avec lui au risque de leur loger ses plombs dans le corps.

Je priais le Bon Dieu pour que mes enfants me

1. Sexe masculin.
2. C'est un garçon, oui !

reviennent, mais plus ils grandissaient, plus ils s'éloignaient de moi. En plus de Sylvestre, c'était l'école qui me les prenait. J'avais le cœur vide.

Un dimanche que nous déjeunions aux Grands Fonds, laissant les hommes discuter chute des cours de la banane, j'ai rejoint ma mère dans la cuisine. De ses belles mains striées de veines, elle disposait de la salade de fruits dans des coupes et elle m'a écoutée distraitement :

– Tu as le meilleur des maris et tu te plains! Est-ce qu'il court? Est-ce qu'il te bat? Pour ce que tu me racontes là, c'est normal! Les garçons sont faits pour leur papa. Si tu veux quelqu'un qui soit bien à toi, fais une petite fille.

Quelques semaines plus tard, je n'ai plus vu mon sang, j'ai compris que j'étais enceinte. Mais cette fois-là, cela a encore été un garçon, mon troisième, Alain, et la même chose a recommencé. Dès qu'il a su se tenir debout sur ses pieds, Sylvestre l'a pris pour lui. Il l'emmenait dans la forêt et lui nommait le nom des arbres, châtaignier malabar, médicinier. Dans mon désespoir, je suis allée trouver Man Sonson. On dit à Rivière au Sel que Man Sonson peut tout faire. D'ailleurs, les gens sortent de loin pour la consulter. C'est grâce à elle que Wilfrid est resté avec sa femme mariée alors que son cœur était déjà parti à Saint-Sauveur avec Rose Aimée. C'est grâce à elle que Larose est élu maire année après année et que la mairie de Petit Bourg ne sera jamais à personne, un communiste ou un R.P.R. par exemple. C'est elle encore qui pour faire plaisir à Eulalie lasse, lasse de tous les bâtards que Georges emmenait dans sa maison, a rendu mou et sans force son organe masculin.

Quand je suis venue la trouver, Man Sonson était bien étonnée. Elle a crié :

– Hé bien, c'est la première fois que quelqu'un me demande pareille chose! Des garçons, elles ne veulent faire que des garçons pour attacher leur homme. Toi, tu veux d'une petite fille? C'est bien cela que tu veux? Dis oui clairement pour que je t'entende!

Ensuite, elle m'a donné des feuilles à mettre dans l'eau de mon bain, des poudres à boire tout en me recommandant :

– Prie, prie le Bon Dieu. N'arrête pas de le prier, parce qu'en fin de compte, Lui seul décide. Les gens ne comprennent pas que mon pouvoir passe par Sa volonté.

Un an s'est passé, puis de nouveau je n'ai plus vu mon sang. Dès les premières semaines cette fois-là, j'ai su que c'était une fille. La façon délicate dont elle nageait dans mon eau. Le murmure très doux avec lequel elle m'entretenait. Le soir venu, nous bavardions jusqu'aux premières lueurs du devant-jour et elle me disait :

– Prends patience. Bientôt, je serai dans tes bras. Tout contre ta poitrine, à me gorger de ton bon lait blanc. Et au fur et à mesure que je grandirai, je te consolerai de chaque coup d'épine de la vie.

Une nuit, j'ai eu un rêve. J'étais en Inde, notre pays d'origine dont hélas, nous ne savons plus grand-chose. J'étais dans un village aux maisons faites de bouse de vache séchée. Dans une cour, des femmes me mettaient dans les bras un bébé dont je ne voyais pas le visage, enveloppé dans un linge blanc très fin, et elles me disaient : « Voilà Shireen! »

Le lendemain, j'ai accouché. Je n'ai même pas senti mes douleurs. Simplement l'enfant a trouvé le passage et a glissé le long de mes cuisses, non pas couverte de sang et de matières fécales comme les autres, mais propre, nette, la peau de soie! La sage-femme l'a mise entre mes bras en s'exclamant :

– Quelle belle petite enfant du Bon Dieu !

Et c'est vrai qu'elle était belle !

Claire, pas noire noire comme Sylvestre et ses garçons. Les yeux couleur de fumée. Les lèvres roses comme des boutons d'hibiscus.

Sylvestre a crié :

– Shireen? C'est quel nom ça?

Pour une fois, j'ai tenu bon et c'est Shireen qu'elle est sortie de l'église dans sa casaque de dentelle qui balayait le parvis. Aux alentours, les gens s'étonnaient. Ils ne comprenaient pas pourquoi je faisais tant d'histoires pour une petite fille alors que j'avais déjà été comblée de trois garçons.

Comment décrire le bonheur que peut donner un enfant? Les gens de la P.M.I. avaient beau me répéter à chaque pesée : « Attention ! Elle ne prend pas assez, Madame Ramsaran ! » je la préférais aux trois bébés bouledogues que j'avais déjà mis au monde. Je la regardais dormir dans son moïse ennuagé de tulle, les bras arrondis en danseuse au-dessus de sa tête. Je la regardais déformer en un bâillement le bouton de fleur de sa bouche. Je la regardais respirer.

Je la regardais vivre, je n'avais plus besoin de rien. Je ne sentais même plus Sylvestre monter sur moi, enfoncer les os de ses genoux dans mes cuisses avant de m'inonder de sa liqueur. Ce bonheur dura trois mois, trois mois pendant lesquels, éperdue, je remerciais le Bon Dieu.

Puis un soir, j'étais dans mon lit, j'ai entendu une toux, grasse et caverneuse, une toux qui signalait le malheur, de l'autre côté de la cloison dans la chambre où elle dormait. Je me suis précipitée et elle était là, les yeux largement ouverts, non plus pétillants d'étoiles de vie, mais ternes comme ceux d'une bête à l'agonie, la bouche pleine de vers blanchâtres. Son cœur ne battait déjà plus.

J'ai voulu mourir, je n'ai pas pu mourir. J'ai tenu mes paupières serrées, tellement serrées, pour que l'obscurité rentre aussi en moi.

Je me demandais : Pourquoi, pourquoi le Bon Dieu me punit-Il ainsi? Je ne comprenais pas.

Sylvestre, lui, me répétait :

– Tout le monde voyait qu'elle n'était pas venue pour rester. Elle était grosse comme une baguette de goyavier. Je te ferai une autre petite fille!

Et il a tenu parole. Au bout de quelques semaines, j'ai senti un autre enfant qui remuait dans l'ombre de mon ventre. Mais je n'en voulais pas de sa fille. J'aurais voulu l'expulser avant son temps. Or, je la sentais accrochée à mes parois, parasite, vorace, se nourrissant malgré moi de ma chair et de mon sang. J'ai dû porter ma croix jusqu'au bout, pendant neuf interminables mois au bout desquels elle est apparue, pareille à son père et à ses frères, tellement différente de ma Shireen.

On ne peut pas commander à son cœur.

Je lui en voulais de vivre quand ma bien-aimée n'était plus. De grossir, de grandir quand l'autre n'était plus qu'un misérable petit tas d'os au fond d'une boîte. C'est moi qui suis coupable, responsable de tout ce malheur. Car, il ne faut pas chercher, le malheur des enfants est toujours causé par les parents.

Oui, quand cette chose incroyable nous est arrivée, que Vilma, Vilma qui ne levait jamais sa tête d'un livre, est partie se mettre avec cet homme-là, j'ai bien senti que ce n'était pas naturel, j'ai bien senti que la vengeance du Bon Dieu se mettait en marche pour m'écraser et me confondre. J'aurais aimé me confier à quelqu'un. Mais à qui? Qui m'aurait écoutée? J'ai porté mon secret dans la solitude. Autour de moi, les hommes prenaient des décisions, parlaient de la tuer, de le tuer. En fin de compte, ils n'ont tué personne. Ils sont allés trouver Francis Sancher pour discuter avec lui. Ils ne m'ont rien dit de leur projet, car d'après eux, ce sont des affaires d'hommes qui se règlent entre hommes.

Quand ils sont revenus, la figure comme Carême, ils ne m'ont rien dit non plus. Pourtant, j'ai compris tout de suite que leur visite n'avait servi à rien. Ils se sont réunis sur la galerie et j'entendais Carmélien, toujours tête en feu depuis qu'il est revenu de la métropole et que les Blancs l'ont si mal traité, parler à nouveau d'affûter sa machette pour aller le guetter dans la trace Saint-Charles. J'ai crié :

– Fais ça! Si c'est mourir que tu veux, me faire mourir. Tu trouves donc que nous n'avons pas assez de malheur!

Ils ont baissé la voix, mais je les connais. Je sais qu'ils parlaient de vengeance.

Pendant trois mois, je suis restée là à me faire du mauvais sang, avec toujours ce remords qui rongeait mon cœur. Couchée à côté de Sylvestre, qui, malgré l'âge qui monte sur nous tous, ne désarme pas et prend son plaisir nuit après nuit, je me répétais : « C'est de ma faute, c'est de ma faute ce qui arrive. »

Alors, un matin où Sylvestre, Carmélien et Jacques étaient descendus à La Pointe dans la Toyota, où Alain et Alix étaient à l'école, je me suis décidée. Je me rappelle que les bougainvillées saignaient leur sang au-dessus des aigrettes orange des oiseaux de paradis, que la mer entre les arbres était vert turquoise, paisible et sans vagues. Je me rappelle que le jour était beau.

Malgré les douleurs qui la clouent dans une berceuse devant sa télévision, Madame Mondésir est sortie sur sa galerie pour m'épier. J'ai passé fière en lui disant seulement :

– Comment va le corps ce matin?

Je n'ai pas écouté sa litanie de jérémiades et j'ai continué mon chemin.

On m'avait beaucoup parlé des chiens de Francis Sancher, mais je ne les avais jamais vus de mes deux yeux. Noirs comme le charbon avec des taches rouges aux pattes; comme si l'Enfer les avait vomis directement sur notre terre et qu'ils gardaient la trace de son feu. En me voyant, ils se sont mis à hurler comme des damnés. Francis Sancher est apparu et m'a dit :

– N'ayez pas peur. Ce sont les créatures les plus douces de la terre.

Comme je ne bougeais pas il s'est avancé et les a pris par le collier. Ceux qui disent que cet homme-là est mauvais, un danger public, sûrement ne l'ont pas regardé dans les yeux. Ses yeux ont la couleur du sable de la plage de Viard quand la mer vient de se retirer en laissant derrière elle de petits coquillages lumineux. Ils racontent une histoire très triste et très amère qui parle droit au cœur. Malgré mes quarante-cinq ans, comme j'aimerais m'asseoir dans une berceuse pour l'écouter des heures durant, soir après soir, tandis que l'ombre nous enveloppe!

J'ai dit, la gorge serrée d'une émotion que je n'avais jamais connue :

– Je suis la maman de Vilma.
Il m'a répondu :
– Elle a votre beauté!
J'étais étonnée. Personne ne m'a jamais dit que j'étais belle et moi, je ne pense pas que Vilma soit belle. Noire noire comme Sylvestre. Je n'aimais que ses cheveux, ses tresses, qui s'allongeaient chaque jour entre mes mains. Hélas, quand elle a eu quatorze ans, sans me demander la permission, elle est descendue à « Beauté-Coiffure » à Petit Bourg et les a fait couper. J'ai demandé :
– Où est-elle? Je voudrais lui parler.
Il m'a souri :
– Asseyez-vous. Elle ne saurait tarder.
Il m'a porté un verre d'eau, puisque c'est certainement tout ce qu'il y avait dans la maison, mais elle était fraîche et parfumée. Il s'est assis non loin de moi sur une chaise de bois blanc et au bout d'un moment il m'a dit :
– Ma mère, j'imagine, a les cheveux tout blancs alors que je les lui ai connus noirs et brillants comme les vôtres. Elle ne m'a jamais beaucoup aimé. Qu'importe, c'est ma mère, la seule que j'aurai jamais!
J'ai balbutié :
– Pourquoi est-ce que vous dites cela? Une mère ne peut qu'aimer ses enfants.
Il a haussé les épaules :
– Ce serait trop facile. Vous voyez, mon père n'a épousé ma mère que parce qu'elle était la fille d'un des plus riches cafeiteros. Je suis sûr, sans vouloir vous dérespecter, loin de là, qu'il lui faisait l'amour sans lui parler. Difficile d'aimer les enfants nés dans ces conditions-là. Pour donner, pour rendre l'amour, il faut en avoir reçu beaucoup, beaucoup!
C'était mon cas! Aussi, je me suis exclamée :
– Comment savez-vous cela?

– Du temps qu'on m'appelait Curandero, je me suis aperçu que l'esprit, le cœur primaient tout et que le corps ne faisait qu'obéir.

J'ai approuvé, et c'était doux, si doux de parler de moi, je ne pouvais pas m'arrêter :

– Comme c'est vrai ! Les problèmes de la vie, c'est comme les arbres. On voit le tronc, on voit les branches et les feuilles. Mais on ne voit pas les racines, cachées dans le fin fond de la terre. Or ce qu'il faudrait connaître, c'est leur forme, leur nature, jusqu'où elles s'enfoncent pour chercher l'eau, le terreau gras. Alors peut-être, on comprendrait.

Il a soupiré :

– Personne ne comprend jamais, Madame Ramsaran. Tout le monde a peur de comprendre. Ainsi moi, dès que j'ai essayé de comprendre, de demander des comptes pour tous ces morts, tout ce sang, on m'a traité de tous les noms. Dès que j'ai refusé de m'accommoder de slogans, on m'a eu à l'œil et au bon. Rien n'est plus dangereux qu'un homme qui essaie de comprendre !

J'ai murmuré :

– Je dirai que vous êtes un homme qui a beaucoup de sagesse !

Il a souri :

– Sagesse ? Je ne dirai pas cela. Je dirai que j'ai essayé de démêler l'écheveau de la vie...

– Comment cela ?

Nous étions là dans ce causer intime, si intime, que je n'avais jamais eu avec personne et des choses que je voulais dire roulaient dans ma tête, quand Vilma est arrivée. Quand elle m'a vue, elle a hurlé :

– Va-t'en ! Va-t'en ! Qu'est-ce que tu es venue chercher ici ?

Il a essayé d'intervenir, mais j'étais déjà dehors.

J'ai couru à perdre haleine dans le sous-bois et, à un moment, comme mon corps était sans force et ne voulait plus avancer, je me suis assise sur une racine. L'eau coulait sur mes joues.

Il l'avait bien dit :

« Pour donner l'amour, il faut en avoir reçu beaucoup, beaucoup. »

Moi, je n'en avais jamais reçu. J'avais les mains vides. Je n'ai jamais fait que servir.

Au bout d'une heure, j'ai senti un poids peser sur moi, j'ai relevé la tête et j'ai vu Xantippe, debout raide sous un poirier rouge. Quand il s'est aperçu que je le regardais, il m'a donné dos et a glissé dans le ventre de la forêt. Je suis encore restée assise un bon bout de temps et puis je me suis relevée.

Aujourd'hui, Francis Sancher est mort. Cela n'est une fin que pour lui. Nous autres, nous vivons, nous continuons de vivre comme par le passé. Sans nous entendre. Sans nous aimer. Sans rien partager. La nuit combat et s'agrippe aux persiennes. Bientôt cependant, il faudra qu'elle cède la place au jour et tous les coqs de tous les poulaillers vont chanter sa défaite. Les bananiers, les cases, les flancs de la montagne vont flotter peu à peu à la surface de l'ombre et se prépareront à endurer le grand jour. Nous saluerons le nouveau visage de demain. Je dirai à ma fille, mienne :

– Sortie de mon ventre, je t'ai mal aimée. Je ne t'ai pas aidée à éclore et tu as poussé, rabougrie. Il n'est pas trop tard pour que nos yeux se rencontrent et que nos mains se touchent. Donne-moi ton pardon.

CARMÉLIEN

« Je ne peux pas cacher que je le haïssais plus pour ce qu'il avait fait à Mira que pour ce qu'il avait fait à ma propre sœur Vilma. »

La pluie, chassant férocement, inondait les épaules et la nuque de Carmélien qui ne bronchait pas, se bornant par moments à tirer de sa poche un mouchoir déjà trempé et à le frotter machinalement sur sa peau et ses vêtements. Il aimait la pluie. Il aimait le contact de l'eau, son odeur surtout, soit qu'elle pleuve chaude des nuages, soit qu'on la surprenne au détour d'une pièce de terre à l'heure où le soleil l'a portée à ébullition, soit qu'elle dorme brunâtre alourdie d'herbes et de sangsues, soit qu'elle s'encolère et descende des hauteurs, charroyant des corps d'animaux imprudents. Quand il était tout petit, avec Sylvestre, des fois, elle leur tombait dessus sans prévenir autrement que par une soudaine noirceur de l'air et un piétinement sur la verdure des mornes. Tandis que son père courait s'abriter sous les bananiers, il restait debout au milieu du champ, levant son petit visage vers le ciel souvent demeuré bleu, fermant les yeux, ouvrant la bouche comme les grenouilles et les crapauds devaient sûrement le faire, cachés entre les hautes herbes. A croire que le goût de l'eau lui était venu lors de son baptême quand le vatialou[1] l'avait plongé dans la rivière à trois reprises avant de lui raser le crâne. Oui, c'est à ce moment-là qu'il avait retrouvé le souvenir du ventre maternel quand, sans yeux et des nageoires au pied, il baignait dans la félicité. En saison d'hivernage, Rosa, qui ne comprenait rien à cela, renonçait à le tenir enfermé entre quatre murs et soupirait résignée :

– Va donc, puisque c'est la mort que tu veux attraper.

Il ôtait ses vêtements, comme les enfants sans éducation dont le papa est trop occupé à se brûler la pente du gosier avec du rhum et la maman à épier ce qui se passe dans la maison des voisins, avec lesquels on lui interdisait de jouer. Il restait immobile ou bien faisait des cabrioles et des pas de gymnastique.

Comme il était au C.M.2, la maîtresse leur avait fait acheter *Gouverneurs de la rosée* et lui, qui n'aimait pas lire, s'était trouvé transporté, se demandant si cette histoire-là n'avait pas été écrite expressément pour lui.

« Il lui prit la main :

– Viens.

Il écarta les lianes. Elle entra dans le mystère du figuier maudit.

– C'est le gardien de l'eau, murmura-t-elle avec une sorte de terreur sacrée.

– C'est le gardien de l'eau.

Elle contempla les branches chargées de mousse argentée et flottante.

– Il a grand âge!

– Il a grand âge.

1. Prêtre.

– On ne voit pas sa tête.
– Sa tête est dans le ciel.
– Ses racines sont comme des pattes.
– Elles tiennent l'eau.
– Montre-moi l'eau, Manuel! »

Alors, il se mit en tête lui aussi de découvrir une source nouvelle et à force de piétiner les halliers, de se faufiler par les traces, de buter sur les racines-échasses, il en trouva une, au-dessus de la trace Saint-Charles. Elle sortait de l'humus entre les fougères et les lichens, serpentait secrète avant de se perdre dans la terre, puis de resurgir un demi-kilomètre plus loin, fortifiée, grossie de l'apport d'autres eaux souterraines. S'armant d'un des coutelas de Sylvestre, il essaya de la déterrer là où elle se cachait et de lui creuser un lit dans le mitan duquel elle pourrait se pavaner princesse. Chaque après-midi au sortir de l'école, Sylvestre avait beau le héler pour mener les bœufs à la mare ou allumer des boucans à la lisière des champs, il courait vers elle, cœur battant, comme un amoureux vers sa promise et il travaillait dur jusqu'à la tombée de la nuit. A son retour, Rosa se plaignait, arrachant les cousins de ses cheveux et reniflant sa mauvaise sueur :

– Qu'est-ce que j'ai fait au Bon Dieu pour mériter un garçon bandit comme toi? Et ton papa qui te passe tout!

La nuit, il se rêvait, maître de l'eau lui aussi, irriguant la terre reconnaissante, ordonnant la croissance des giraumons et des aubergines, il se réveillait tout surpris dans une mare d'urine à exciter au matin la fureur de Rosa et il tentait de refaire son lit en cachette.

Un jour, mille signes lui avaient soufflé qu'il n'était pas le seul à courtiser sa source. Là, de la mousse avait été piétinée, ici, des fougères arrachées.

Des roches avaient été enfoncées dans la terre meuble pour former un lit. La rage l'avait pris et, monté plus tôt qu'à l'accoutumée, il s'était caché derrière un acomat-bois-rouge pour guetter l'intrus, l'ennemi. Après trois après-midi de guets inutiles, il avait vu une fillette surgir de l'ombre du sous-bois, furtive et agile comme une mangouste voleuse à l'entrée d'un poulailler, couronnée de cheveux d'or, crépus et ébouriffés, auréole païenne autour de son visage. Mira!

Comme tous ceux qui habitaient Rivière au Sel, Carmélien connaissait et respectait les Lameaulnes parce qu'ils étaient presque blancs, parce qu'ils habitaient une maison à la porte de laquelle s'élevait un écriteau « Propriété privée » et dont on ne voyait rien, sauf, en se juchant sur les branches d'un manguier du bord de la route, un toit rouge brique entre le panache des palmiers royaux, parce qu'ils avaient tellement d'argent, disait Sylvestre, connaisseur pourtant en comptes en banque bien approvisionnés, qu'ils auraient pu acheter tout La Pointe, si fantaisie leur en prenait. Il n'avait jamais prêté une attention particulière à Mira, même s'il entendait raconter minutieusement ses méfaits par Rosa et ses amies quand elles se réunissaient dans la cuisine pour écosser des pois d'Angole ou éplucher des pois tendres[1] et ainsi savait vaguement qu'une enfant sans maman, c'est le diable sur la terre. Il était donc resté immobile dans sa cachette, se demandant quelle attitude observer quand, après un rapide regard autour d'elle, Mira s'était défaite de ses vêtements et s'était aspergée d'eau de la tête aux pieds.

A treize ans, Carmélien ne faisait pas partie de ces garnements précoces qui, à l'abri de leurs pupitres à

1. Haricots verts.

demi ouverts, admirent les nus de *Playboy*. Il ne désirait nullement percer le mystère du corps des femmes et, sans fièvre, regardait Rosa dénuder son beau sein pour allaiter Alix. De même, ce qu'elle faisait la nuit avec Sylvestre dans le grand lit soigneusement recouvert d'un drap blanc, avec à sa tête deux coussins rose saumon décorés de poissons verts, jaunes, rouges, aux nageoires bleues qu'elle avait brodés au point de croix l'année précédente quand elle attendait Alix et que le docteur lui avait recommandé le repos ne le tracassait pas du tout. Pourtant, quand Mira s'était mise toute nue, la lumière l'enveloppant d'un halo jaune plus clair que sa peau qu'on aurait crue cuite et recuite par le soleil, il s'était rendu compte qu'à son insu la virilité lui avait été donnée.

Mira s'était aspergée, étendue immobile face contre terre tandis que l'eau montait autour de l'obstacle de son corps avant de le recouvrir, puis roulée dans tous les sens. Brusquement, comme à un signal, elle s'était relevée, avait ramassé ses vêtements et s'était enfuie. Pourquoi parle-t-on donc du Paradis des Amours Enfantines?

Du jour au lendemain, Carmélien – garçon qui ne manquait de rien, « Ti-Mal », de son papa qui, après l'avoir longtemps juché sur son guidon de bicyclette, lui avait offert sa propre Motobécane, toute chromée, constamment réprimandé par sa maman, mais il ne s'occupait pas, ne prêtant pas plus d'attention à ce babier qu'au bourdonnement des mouches à la saison des fleurs de mangue – changea. Il devint une âme souffrante en enfer, un zombie affamé de sel. Monsieur Gervaise le professeur d'histoire le trouva pleurant à chaudes larmes dans les W.-C. Monsieur Dolomius, le professeur de français, qui était tout heureux parce qu'un Indien prenait sa place parmi les cinq premiers de la classe, démolissant ainsi les derniers préjugés des imbéciles, était monté trouver Sylvestre qui fort inquiet avait emmené son fils consulter un cousin Ramgoulam, médecin à La Pointe. Or, à peine celui-ci avait-il jeté les yeux sur Carmélien qu'il s'était écrié :

– C'est la puberté, tonnerre de Dieu ! Sylvestre, tu es tellement occupé à faire de l'argent que tu oublies comment tu te sentais à cet âge-là ! Laisse-moi te dire, les gens racontent que tu as un compte numéroté en Suisse.

Après cette visite, Rosa lui avait fait boire matin et soir du sirop de gluconate de potassium et Carmélien vomissait de chagrin et de nausée, une fois franchie la haie de sang-dragons qui entourait la maison.

Cet enfer durait, lui semblait-il, depuis des années, mais c'est connu, le temps s'étire dans la peine, quand le destin s'était décidé à intervenir personnellement. C'était le 15 août, la fête de Petit Bourg. Le soleil s'était levé tout content, généreux. Le ciel était du bleu des promesses qui vont être tenues. Depuis le matin, encravaté, un billet de cent francs craquant neuf en poche, Carmélien parcourait les stands avec son frère Jacques quand, devant la pêche miraculeuse, il avait vu Mira. Une Mira bien différente de la sauvageonne qui jour après jour prenait son douteux plaisir à se dénuder et à se rouler dans l'eau. Une Mira en robe de dentelle et souliers à barrettes qui ne se mêlait pas aux autres, mais regardait le spectacle de l'air sagace d'une adulte à qui on ne la fait pas. Carmélien vira sur un pied, balayant les alentours du regard. Pas de doute ! elle était seule, les encombrantes silhouettes de ses frères, gardes du corps zélés, étaient absentes. Au bout de quelques minutes, elle prit la direction d'un stand de tir, renonça à gagner une poupée créole, entra dans une pièce obscure où une métro magicienne lisait l'avenir, en ressortit, examina dédaigneusement les danseuses du ballet Touloulou qui positionnaient leurs hanches pour un quadrille façon doudouiste, fila vers les joueurs de gwo-ka. C'est alors que Carmélien eut une idée. Plantant là Jacques, il courut vers le stand des souvenirs et, déposant son billet craquant sur la table, prit possession de la plus énorme des poupées créoles, celle à qui ne manquait ni madras calendé, ni tremblante, ni colliers grain'd'or, ni bracelet esclave, ni jupon de dentelle, ni pantoufles de feutre brodé.

Mira se tenait en retrait de la foule qui se démenait et battait des mains en cadence, car le gwo-ka ne laisse pas certains tranquilles, il faut lui obéir! avec cet air moqueur et méprisant que se partageaient tous les Lameaulnes depuis des générations. Carmélien s'approcha et il ne savait pas que l'amour a pouvoir sur les cordes vocales et fait d'un premier prix de récitation un bègue éructant :

– C'est pour toi!

Elle parut surprise, regarda la poupée, puis le regarda depuis ses pieds chaussés d'escarpins que Rosa avait achetés chez Bata jusqu'à la raie qu'elle avait tracée à coups de brillantine Vitapointe avant de l'asperger d'eau de Cologne Bien-Etre et dit simplement :

– Kouli malaba[1]!

Puis elle tourna les talons.

Quinze ans après, Carmélien retrouvait sa douleur intacte, car les plaies d'enfance ne guérissent pas. Dès lors, il n'avait plus eu goût à rien. Il lui semblait n'avoir jamais aimé ni désiré personne d'autre. A Bordeaux, les gens, le prenant pour un Indien des Indes, lui parlaient de Satyajit Ray dont il n'avait vu

1. Indien de la côte de Malabar.

aucun film et il ne répondait pas, non pas seulement par ignorance, mais parce qu'il pensait à elle. Au moment de faire l'amour, il la revoyait, moqueuse, fixée par la douleur comme par une caméra, dans sa robe de dentelle à col Claudine et à petits boutons de nacre. Aussi son membre dépérissait et il prenait la porte, bredouillant des excuses.

Ah, elles avaient été sombres, ces années d'études et le mirage de la métropole n'avait pas fait long feu ! Solitude. Grisaille. Il s'était découvert une faiblesse : la vue du sang ! Au cours de ses stages à l'hôpital, toutes ces chairs froissées, torturées, mutilées, l'emplissaient d'un immense effroi et, bouleversé, il imaginait Mira dans chaque patient. Un été, il s'était mis en tête de parcourir l'Europe et avait suivi des amis à Barcelone. L'ocre des façades et le rose des lauriers des Ramblas ne lui avaient pas fait mauvaise impression. Il aurait bien paressé dans ce soleil si ses amis ne l'avaient entraîné à une corrida. Alors, il avait repris le chemin de Bordeaux. Peu après cela, sur un coup de cafard, il était parti pour Le Raizet.

De retour à Rivière au Sel, il avait retrouvé Mira, libre, inaccessible, presque fidèle à l'image de son souvenir. Les coudes reposant sur le comptoir de « Chez Christian », les hommes avaient baissé la voix pour lui confier qui dans l'inceste et le péché lui faisait son affaire. Mais Carmélien avait fermé l'oreille à pareilles bêtises.

Brutal, par-delà le martèlement sec de la pluie sur la tôle, on entendit le grondement du tonnerre. Tournant la tête du côté de la montagne, affalée dans le noir, Carmélien s'aperçut que le ciel s'éclaircissait et se dit que peut-être, au matin, le beau temps reviendrait. Pour l'heure, l'humidité faisait frissonner et Carmélien chercha des yeux la chaleur du rhum.

Heureusement, Latifa, la sœur de sa mère, faisait un service. Il se rapprocha et, de l'angle où il prit place, il eut vue sur la moitié inférieure du cercueil. Pas du beau bois ! Toutefois, ils n'allaient pas dépenser de l'argent pour un salaud ! La malle était vide, à part quelques papiers sans intérêt, vieilles lettres, mince brochure qu'ils avaient reléguée dans le fond d'un placard. Où Moïse avait-il vu des liasses et des liasses de dollars ? Sans doute, ce soir-là, le bougre était-il saoul.

Les premiers temps, quand Francis Sancher était apparu « Chez Christian », Moïse collé à sa peau comme le maringoin qu'il était, Carmélien ne l'avait pas trouvé antipathique, ce pié-bwa d'homme. Lui qui était timide et mauvais parleur s'émerveillait de son bagout.

– Tout a changé à la mort de mon père. Ma mère Térésa, que le sang d'aïeul africain noircissait tout autour de la bouche, m'a attiré dans le cabinet où il passait ses jours et ses nuits, araignée enveloppée dans la toile de ses calculs d'affaire. C'est alors qu'elle m'a remis les papiers qui racontaient l'histoire de notre famille.

Et puis à quelqu'un qui n'a fait que l'aller-retour Bordeaux-La Pointe avec une escapade ratée à Barcelone, ils faisaient tourner la tête, tous les noms qu'il prononçait. Afrique. Amérique. Cuba.

– Cuba ?

A ce mot, les plus indifférents, les plus engourdis par minuit et par le rhum, les jeunes qui cherchaient un objet à admirer, un espoir pour accrocher leurs impatiences se massaient au bout du comptoir, briqué par des générations de soiffards, pour boire les paroles de Francis Sancher.

Mais celui-ci secouait la tête :

– Ce que je vous dirai de Cuba ne vous plaira pas ! Vous n'aimez, vous autres, que les histoires rondes et juteuses comme les oranges de Californie. Vous voudriez toujours du sucre pour sucrer vos rêves. Or, moi, je ne connais que des histoires tristes à en pleurer, tristes à en mourir ! Partout où je suis passé, je n'ai vu que des hommes et des femmes, las d'attendre le bonheur, les mains croisées sur les genoux, las de semer sans récolter, las de planter sans voir tiger. Voulez-vous que je vous dise ? Je suis content que la fin s'amène.

Les plus hardis interrogeaient :

– De quelle fin parles-tu ?

Il riait :

– De la mienne pardi ! La seule qui compte à mes yeux !

On riait, même si une question taraudait les esprits. Est-il fou ? A-t-il la tête fêlée comme le fils de Dodose Pélagie, ce malheureux Sonny, qui traîne dans les bois depuis le bon matin ?

Oui, dans les débuts, Francis Sancher n'avait pas paru antipathique à Carmélien. C'est alors que l'affaire avec Mira avait éclaté comme un coup de tonnerre. Pour ce qui était du viol, les gens avaient souri dans leur for intérieur. Aristide avait beau battre sa bouche, on ne le croyait pas. On ne lui prêtait que cette attention compatissante que mérite tout homme plongé dans la douleur et qui par conséquent déparle. On le savait bien que celui qui pourrait violer Mira Lameaulnes n'était pas encore né. Ne comptons pas ceux qui, dans le secret de leurs cœurs, se disaient que Mira avait bien mérité cette bourrade-là d'un homme, depuis le temps qu'elle aguichait ceux de Rivière au Sel avec ces airs de : « Tu ne monteras pas sur moi ! »

Carmélien, garçon sans agressivité, avait brutalement changé de nature et rêvé de tuer. Tuer Francis Sancher. S'armer d'un couteau à saigner les cochons de Noël. Etaler sur le sol la vie de celui qui avait souillé son rêve. Quand Mira était retournée chez elle avec son ventre et sa honte dans la stupéfaction de tous, des idées démentes avaient labouré la tête de Carmélien. Il se voyait frappant à la porte des Lameaulnes pour faire sa demande en règle. Tombée qu'elle était à présent, Mira aurait perdu sa superbe et ne demanderait pas mieux que de trouver un homme pour relever sa honte. Il se glisserait à ses pieds :

– Prends-moi ! Est-ce que tu ne sais pas qu'une femme tombée ne doit jamais désespérer? Est-ce que tu ne sais pas que tu as sept vies à vivre? Celle de ton parfait bonheur commence avec moi ! Tu vois, la Guadeloupe a changé. En bien en mal, je ne peux pas te dire. Ce que je sais, c'est qu'à présent, Nègres, mulâtres, Zindiens, c'est du pareil au même ! Prends-moi !

Toutefois, la pensée de Francis Sancher l'arrêtait net dans ses élans. Que ferait-il s'il le rencontrait au détour d'une route? Si l'autre ricanait, insinuant qu'il mangeait son reste? Qu'il finissait un plat dont il s'était rassasié? Que répondrait-il? Saurait-il lui infliger la correction qu'il méritait?

Aujourd'hui, Francis Sancher était mort. Une main secrète avait accompli la vengeance à laquelle sa lâcheté ne se décidait pas. Il n'aurait donc plus à soutenir son regard ou à l'aveugler. La route était libre.

Carmélien vida son verre et éprouva l'envie de faire quelque chose de déplacé, d'incongru qui manifesterait la joie qui l'avait envahi. Il aurait aimé rire

VILMA

Je voudrais être mon aïeule indienne pour le suivre au bûcher funéraire. Je me jetterais dans les flammes qui l'auraient consumé et nos cendres seraient mêlées, comme nos âmes n'ont pas su l'être. Je voudrais être mon aïeule indienne pour mourir de lui. C'est ce que je voudrais être.

Pour nous deux, le bonheur n'a pas eu le temps de sortir de terre. Peut-être s'il avait vécu au-delà de son temps marqué, j'aurais fini par faire pousser la plante fragile que la chaleur flétrit et que la pluie désole. Telle qu'elle est, notre histoire est sans lumière. Il m'a prise, il m'a gardée par pitié en quelque sorte parce que j'étais venue chercher refuge auprès de lui et qu'il n'était pas homme à laisser un chien sous la pluie.

Oui, je voudrais être mon aïeule indienne pour le suivre au bûcher funéraire. La pluie de nos cendres mêlées retomberait sur le Gange.

Si on veut comprendre pourquoi j'ai pris refuge auprès de lui, un homme sans réputation et qui un mauvais matin avait surgi au milieu de Rivière au Sel, il faut que je remonte loin, très loin dans le temps, jusqu'au jour de ma naissance quand la sage-femme a crié :

– Une fille, Madame Ramsaran. Le Bon Dieu a pris pitié de vous.

Elle ne m'a jamais tenu la main.

Quand elle me savonnait, nue sous le soleil, sa paume était sans douceur. Du temps où elle me conduisait à l'école, elle marchait à trois pas devant moi et je fixais sa tresse noire roulée en un chignon transpercé par une longue épingle d'écaille, son dos aveugle sous l'indienne de ces robes noires qu'elle portait chaque jour que le Bon Dieu fait, dans le deuil de ma sœur Shireen. Shireen, morte à trois mois, étouffée par les vers qui avaient remonté jusqu'à sa bouche.

Je n'ai jamais eu de place dans son cœur. Les garçons non plus d'ailleurs. Pas même Alix, le dernier, si beau que les gens l'appelaient « pitite a Bon Dié ». Mais les garçons avaient leur papa qui, dès leur sortie de l'école, les emmenait aux champs, le samedi aux matches de football et le dimanche à la plage de Viard où ils ramassaient des palourdes grises dans le sable gris.

Moi, je n'avais personne. Je n'avais rien. Que mes livres. La maîtresse à l'école s'étonnait :

– Où est-ce qu'elle a été chercher cette intelligence-là ?

Les enfants refusaient de jouer avec moi. Dans leur jalousie, ils m'appelaient « Kouli malaba ». Oui, je n'avais que mes livres. Dès mon retour de l'école, je me couchais sous ma moustiquaire et je lisais, lisais pour oublier jusqu'à ce que sa voix rêche me trouve là où j'étais partie pour me ramener sur terre :

– Tu n'entends pas quand on t'appelle?

C'est pour cela que le jour où le père m'a retirée de l'école, je m'en souviens comme si c'était le jour d'aujourd'hui et je crois que je m'en souviendrai jusqu'au moment où la mort viendra me chercher, c'était pour moi le commencement de la fin. C'était quelques semaines avant la rentrée des classes. Septembre avait été beau, relativement sec dans notre région, amoureuse de la pluie et du vent. Les feuilles avaient lui, lumière verte sous la lumière d'or du soleil. Les bêtes à feu avaient dansé leur danse dans le serein. Les nuits avaient été moites de la moiteur de nos sueurs. Une de mes cousines des Grands Fonds avait passé les vacances avec nous et nous avions marché dans les bois, une fois jusqu'à l'étang de Bois Sec dont l'eau, à ce que l'on dit, se tourne en sang à la tombée du soleil et où les esprits viennent pour boire.

Ce jour-là, nous finissions de déjeuner.

Comme elle le fait depuis tant et tant d'années, elle s'affairait autour du père, pelant une sapotille brune de peau, juteuse et poisseuse. Puis elle la coupait en morceaux qu'elle disposait sur une soucoupe blanche liserée de bleu. Le père, sans prendre la peine de lui dire merci, m'a arrêtée comme je me levais de table :

– Laisse-moi te dire : tu ne retournes pas à l'école. Cela ne sert à rien, j'ai d'autres projets pour toi!

Personne n'a eu l'air surpris comme si c'était naturel. Moi, je n'ai pas trouvé une seule parole à répondre.

Je suis sortie, j'ai couru dans ma chambre, je me suis jetée sur mon lit et j'ai commencé de pleurer. Quitter l'école, c'était pour moi mourir! Au bout d'un moment, elle est venue. Elle s'est assise sur le lit et elle m'a dit :

– Ecoute! Ton papa sait ce qu'il fait. Une femme, c'est comme un oranger ou un pied de letchis. C'est fait pour porter! Tu verras comme tu seras contente quand ton ventre poussera lourd devant toi et que ton enfant remuera pressé de venir se chauffer au soleil de la terre.

Ses yeux démentaient ses paroles. On sentait qu'elle n'y croyait pas, qu'elle récitait une leçon! J'ai répliqué :

– Des enfants! Cela ne m'intéresse pas, je n'ai pas envie de me marier!

Elle a haussé les épaules et sa bouche a pris un pli de joie mauvaise :

– C'est pourtant ce qui va t'arriver. Je te dis cela pour que tu saches, ton papa s'est mis d'accord avec Marius Vindrex.

Mes larmes ont séché d'un seul coup :

– Qu'est-ce que tu racontes?

Marius Vindrex est un chabin triste, long comme un jour sans pain, dont les yeux mourants ne m'ont pas laissé de répit depuis que je suis en état de marcher sur mes deux pieds. Pas de doute, il a de l'argent! Après avoir étudié je ne sais quoi au Canada, il a fait redémarrer la scierie de sa famille. Les billots arrivent de la Guyane, puisque nos forêts sont dépeuplées, et toute la journée ses machines chantent « syé bwa » en noircissant l'air de leur fumée. C'est le bon ami de Carmélien. Toujours à parler de politique avec lui. L'an dernier, quand une bombe a tué cet Américain, il était aux anges, à croire qu'il l'avait posée lui-même! J'ai hurlé :

– Marius Vindrex? Mais je ne l'aime pas.

Elle a soupiré, puis dit d'une voix lasse :

– Vous regardez trop *Dallas* et *Dynastie*. Qu'est-ce que cela veut dire : « Je ne l'aime pas »? Est-ce que tu crois que j'aimais ton papa quand je me suis mariée avec lui? Et en Inde, dans notre pays, est-ce que tu ne sais pas que mari et femme ne se connaissaient pas jusqu'au moment où ils se couchaient dans le même lit, sous le même drap?

Je ne pouvais pas rester là à l'écouter raconter ses bêtises. Je suis sortie. Il était deux heures de l'après-midi. Le soleil tapait sur ma tête à coups de marteau. Je sentais que la folie courait derrière moi et qu'elle allait me rattraper. Je ne sais trop comment j'ai pris la trace Saint-Charles et, à un détour, j'ai déboulé dans la Ravine, toujours fraîche, accueillante, l'eau obscure, presque invisible, chantant sa petite chanson sous les ipécas et les fougères.

« *Syé bwa*
Légowine kasé
Syé bwa...[1] »

Un homme était assis sur une roche et regardait l'eau couler. En m'entendant, il s'est mis debout et a bégayé :

– C'est toi? C'est toi?

Puis son visage s'est refermé :

– Pardonnez-moi! Je vous ai pris pour quelqu'un d'autre.

Je n'avais pas besoin qu'on me le présente pour reconnaître Francis Sancher depuis le temps que j'entendais décrire la couleur et la crasse de son linge. Je savais qu'il venait de donner un ventre à Mira et que tout le monde voulait faire couler son sang

1. « Sciez le bois
L'égoïne est cassée
Sciez le bois. »

au-dehors. Moi personnellement, je n'aime pas Mira Lameaulnes et je n'ai pas peur d'elle non plus. Les gens croient que ses yeux verts peuvent les tourner en chiens. Les gens croient aussi qu'elle peut donner des hernies, rondes comme des banjos, et des érysipèles, lourds comme des plants d'igname. Moi je crois seulement que son cœur à l'intérieur de sa poitrine est dur et gris comme une roche. Quand elle était à l'école, avant qu'on ne finisse par la renvoyer, tout enfant, chérie de Loulou Lameaulnes qu'elle était, elle arrivait en retard après avoir vagabondé on ne sait où, elle s'asseyait à sa place et pendant que les autres enfants récitaient leurs tables de multiplication, elle chantonnait des chansons sans queue ni tête qu'on n'avait jamais entendu chanter à personne.

« *Chobet di paloud*
Sé an lan mè
An ké kontréw[1]. »

Ce qu'il y avait dans son ventre ne me regardait pas. J'ai demandé à Francis Sancher :

– Vous attendiez qui ?

Il a enfoncé son chapeau bakoua sur ses cheveux qui n'avaient pas vu le peigne depuis des mois à ce qu'on aurait dit et il a disparu sans même prendre la peine de me répondre.

1. « La chaubette dit à la palourde
C'est dans la mer
Que je te rencontrerai. »

C'est le vent, c'est le vent.

Dans le noir, la montagne dormait tranquille et il était couché à ses pieds. Brusquement il s'est secoué. Il s'est levé debout. Il s'est arc-bouté sur les gommiers, puis d'une seule enjambée il est descendu dans la savane, renversant tout sur son passage. Il s'est précipité comme un enragé dans notre maison en ouvrant brutalement portes et fenêtres. Elle est sortie de son lit pour les refermer et j'ai entendu le père lui ordonner :

– Va regarder la barrière!

Je sentais quelque chose qui bouillonnait en moi : la colère, la révolte. A quoi ça sert une mère, si ce n'est à faire rempart contre l'égoïsme et la cruauté des pères? Mais pour celle-là, il n'y avait que Shireen, Shireen. Moi, on pouvait me vendre comme un dernier lot d'icaques au marché, cela lui était bien égal! Il fallait que je lui fasse honte, que je lui fasse mal, que je me venge. Mais comment?

Alors, le vent m'a soufflé cette idée-là avec son grand rire dément. C'est lui! C'est lui, le coupable!

Quand je suis arrivée chez lui, les dobermans féroces, le museau rouge, se disputaient une carcasse. Ils l'ont abandonnée pour se précipiter vers moi. Mais il les a fait coucher. Il était assis derrière sa machine à écrire et m'a demandé, pas aimable pour deux sous :

– Qu'est-ce que tu veux?

– Est-ce que vous n'auriez pas un petit travail pour moi? Faire la cuisine? Laver le linge?

Il a ri. Mais cet homme-là, même quand il riait, ses yeux avaient la noirceur du deuil.

– Tu ressembles à une asparas et tu veux me servir. C'est le monde renversé!

Je me suis rapprochée :

– Qu'est-ce que vous faites?

Il a ri de nouveau :

– Tu vois, j'écris. Ne me demande pas à quoi ça sert. D'ailleurs, je ne finirai jamais ce livre puisque, avant d'en avoir tracé la première ligne et de savoir ce que je vais y mettre de sang, de rires, de larmes, de peur, d'espoir, enfin de tout ce qui fait qu'un livre est un livre et non pas une dissertation de raseur, la tête à demi fêlée, j'en ai trouvé le titre : « Traversée de la Mangrove ».

J'ai haussé les épaules.

– On ne traverse pas la mangrove. On s'empale sur les racines des palétuviers. On s'enterre et on étouffe dans la boue saumâtre.

– C'est ça, c'est justement ça.

Il m'a donné la plus petite des deux chambres à coucher. Toute une semaine, je l'ai entendu hurler, se battre avec les invisibles, appeler au secours, pleurer. Je priais le Bon Dieu de l'aider. Enfin, dans le devant-jour, il est venu auprès de moi pour trouver le sommeil.

Je ne m'attendais pas à l'aimer, cet homme que j'avais choisi dans le grand vent de la folie. L'amour m'a prise en traître. Il s'est glissé sournoisement dans mon cœur et en a pris possession...

Mais Francis Sancher n'a jamais été à moi. Il n'avait jamais été non plus à Mira, cela je le sais. L'être à qui il appartenait se cachait dans l'ombre et les bruits de la nuit.

Les journées étaient à peu près paisibles. Il écrivait sur la terrasse des pages et des pages. Quand il était las de les déchirer, il s'en allait dans les bois, parfois avec les chiens qu'il ramenait langue pendante, poil mouillé. Il ne me parlait plus, il ne me prêtait aucune attention.

Mais dès que la noirceur revenait, tout changeait. Il se rapprochait de moi comme si je pouvais le protéger.

Tout tremblant, il m'interrogeait :

– Tu entends? Est-ce que tu entends?

Je haussais les épaules et je répondais :

– Oui! J'entends le rire du vent que la nuit n'a pas pu garder enfermé dans sa geôle et qui bat la campagne. Oui! J'entends la cavalcade des mangots pressés d'enfoncer leurs graines dans le ventre de la terre pour devenir à leur tour éternels. J'entends la mer loin là-bas qui ne cesse de se quereller avec ses rochers.

Ces paroles ne l'apaisaient pas. Il s'approchait de la fenêtre, scrutait la nuit et me disait :

– Tu vois? Est-ce que tu vois? Il est debout là sous l'ébénier. Il m'attend. Il compte les jours.

Je m'approchais pour dévisager la nuit par-dessus son épaule et je ne voyais rien que de hauts murs, lisses et sombres. Alors, je le suppliais :

– Viens te coucher. Est-ce que mon corps n'a pas bon goût?

Il ne m'écoutait pas et s'en allait « Chez Christian » chercher le réconfort du rhum. Je restais seule à prier pour qu'un jour il trouve la paix. Quand il revenait, il me tenait des discours qui résonnaient sonores et sans signification. Il me parlait des villes, il me parlait de toutes qualités d'endroits et j'essayais sans guide de me frayer un chemin dans ses mots :

– Quand nous avons quitté Balombo, c'était la

nuit. Des mois que nous disputions ce village aux autres. Finalement nous l'avions définitivement nettoyé de tous ses rebelles. J'avais dans les narines cette odeur de sang frais qui ne me quittait plus. J'avais dans les oreilles les râles de tous ceux que j'avais laissés passer de l'autre côté sans pouvoir les soulager. Il y avait cette jeune fille, cette enfant, je devrais dire, les membres inférieurs arrachés qui, au cœur de ses souffrances, répétait : « Vive la révolution ! » Mais moi, je n'y croyais plus. Je n'en pouvais plus. C'est ce soir-là que j'ai mis un pied devant l'autre et que je suis devenu « déserteur ». Le désert était blanc comme sel sous la lune.

J'aurais aimé lui poser des questions. Mais il prenait sommeil, sans même songer à mon attente. Je le regardais, yeux fermés, bouche ouverte et je me demandais dans quels pays arides et sans bonheur l'esprit de cet homme-là vagabondait. Il ne m'a jamais rien révélé de lui-même et je ne saurais pas dire la vérité dans toutes les bêtises que les gens de Rivière au Sel racontent.

Quand j'ai été enceinte, je le lui ai dit. Il est resté sans parler. Au-dessus de nos têtes, la pluie, sans prendre de répit, tambourinait sur la tôle que les branches des arbres frottaient à chaque respiration du vent. J'ai touché son épaule :

– Est-ce que tu as entendu ce que je viens de dire ?

Il s'est tourné vers les planches de la cloison, me donnant son dos pour toute réponse. Aux mouvements de ses épaules, je me suis aperçue qu'il pleurait. Depuis ce jour, il ne m'a plus prise dans ses bras et nous avons vécu comme père et fille. Quand j'étais seule, je préparais des phrases pour attendrir son cœur :

– Pourquoi te mets-tu en colère parce que mon

ventre est fertile? Toi qui as si peur de la mort, est-ce que tu ne sais pas que l'enfant est son seul remède?

Pourtant, quand il revenait, devant son visage fermé, dur comme une roche, mes mots avaient peur et prenaient leur envol.

Et voilà, à cette heure, il est mort! Il ne me reste plus que le souvenir, froid comme cendres, d'un peu de plaisir et de beaucoup de peine. Le présent et le passé se mêlent dans ma tête.

Il me semble que je n'ai jamais été plus près de Francis Sancher que ce soir où il est là sans rien dire, parti pour ne plus revenir. Nos anciens disaient bien que la mort n'est qu'un pont jeté entre les êtres, une passerelle qui les rapproche sur laquelle ils se rencontrent à mi-chemin pour se chuchoter tout ce qu'ils n'ont pas pu se confier.

Dans le bruit des gouttes sur le toit, le frottement des branches des arbres et le froissement des herbes des talus, dans le sifflement du vent qui se glisse à travers les planches mal jointes, mal rabotées de cette maison, il me semble que j'entends sa voix prononçant des paroles secrètes que je n'avais jamais entendues et qui lèvent le mystère de ce qu'il a été.

Je voudrais être mon aïeule indienne pour le suivre au bûcher funéraire. Alors notre causer n'aurait pas de fin.

DÉSINOR, L'HAÏTIEN

« Je ne sais pas pourquoi tout le monde fait semblant d'avoir gros cœur. Sûrement, cela l'aurait bien fait rire, après la manière dont on l'a traité par ici. Mais les gens de Rivière au Sel sont comme cela. Ils n'ont pas de sentiments et, par-dessus le marché, ils sont hypocrites. Moi, à quoi sert de mentir, Francis Sancher, je m'en foutais royalement. C'est pas par rapport aux deux cents francs la semaine qu'il me donnait pour retourner la terre de son jardin que je vais prendre le deuil ! Si je suis là, c'est parce que je n'ai pas senti une bonne odeur de manger, que je n'ai pas arrosé mon gosier avec un bon coup de rhum depuis belle lurette. »

Pour la troisième fois, Désinor l'Haïtien alla remplir son assiette de soupe grasse et regarda avec délectation le bel os à moelle que Mme Ramgoulam, la sœur de Rosa Ramsaran, couchait sur un lit de choux et de carottes, sans oublier le giraumon. La faim de son ventre était apaisée et s'il mangeait encore, c'était par gourmandise et aussi en prévision du lendemain et des jours suivants qui seraient secs, sans jus ni viande. Il mangeait voracement, y allant de la main, et sentit sur lui le regard de mépris de ses voisins qui eux s'étaient servis avec habileté de leurs cuillers après avoir déposé un rectangle de papier sur leurs genoux. Il s'en réjouit, car il le faisait exprès, d'être si sale. Pour une fois qu'il était de plain-pied avec les gens de Rivière au Sel, il aurait aimé les insulter, les choquer, leur faire savoir qui était réellement ce Désinor Décimus qu'ils confondaient avec un misérable jardinier haïtien. Est-ce que hier Dodose Pélagie ne lui avait pas donné un vieux costume de son mari?

– Tiens pour toi, Désinor.

Il avait bien failli lui jeter à la tête sa veste et son pantalon d'une toile si usée qu'on voyait le jour à travers, mais il s'était retenu et avait dit comme elle le souhaitait :

– Merci de votre grande bonté!

Au début de la semaine, comme il venait de finir de tondre son gazon, Mme Théodose l'avait appelé et lui avait désigné, sur un coin de la table de la cuisine, un peu de court-bouillon de vivanot avec une belle tranche d'igname. Il avait mangé parce que son ventre ne le laissait pas tranquille. Néanmoins le jus amer de sa colère s'était mêlé aux aliments.

Voilà pourquoi il avait mené Xantippe avec lui. Pour les défier silencieusement, ces petits-bourgeois. Les défier avec leur noirceur. Les défier avec leur odeur de misère et de dénuement.

Désinor était arrivé à la Guadeloupe en novembre 1980. Le 2 novembre exactement, jour des morts, et il fallait comprendre que ce n'était pas là une simple coïncidence, que son ami le Baron-Samedi lui faisait un clin d'œil sous son chapeau haut-de-forme et lui signifiait qu'il entrait dans un royaume de ténèbres et de désolation. En vérité, depuis longtemps, Désinor rêvait de donner dos à son pays.

Mais dans son esprit, il se voyait foulant le pavé de New York qu'il connaissait déjà par les lettres de Carlos :

« Frère Désinor,

Je t'écris pour te faire savoir que ma santé est bonne. A New York, tu peux trouver tous les jobs que tu veux. Le travail est là, tu n'as qu'à te baisser pour le ramasser. Ma chambre est assez grande pour deux. Je t'envoie l'argent du passage... »

Ah Carlos ! Il le reconnaissait bien là ! Trois mille kilomètres de distance n'avaient pas éteint la chaude lumière de son cœur. C'est qu'ils avaient grandi ensemble, mangé à la même gamelle de misère, sucé le même sein sans lait du malheur ! Ils avaient enfourché les mêmes Négresses fessues quand elles avaient bien voulu d'eux, ce qui était rare, vu qu'ils n'avaient pas le cob[1] qu'elles désiraient, s'accrochant aux poils rêches de leur pubis. Un jour, las de se heurter aux refus de ces sans-cœur, ils s'étaient enfourchés l'un l'autre et surprise, au bout de l'étreinte, ils avaient trouvé la même fulgurance de plaisir. Alors, ils avaient recommencé...

Au début, Désinor avait travaillé dans la canne, qui n'était pas morte pour tout le monde, du côté de Baie Mahault. La majorité des coupeurs étaient des Haïtiens comme lui et les exclamations s'entrecroisaient :

– Ou sé moun Jacmel tou[2] ?

Ah, l'esclavage du Nègre d'Haïti n'est pas fini ! A grands coups de coutelas, Désinor tailladait sa rage et son désespoir. On a beau dire, la misère au pays a un autre goût, celui du clairin partagé.

Un jour, la nouvelle s'était répandue que la police

1. L'argent.
2. Toi aussi, tu es de Jacmel ?

allait cerner le champ et demander à chacun ses papiers. Papiers! Désinor avait pris la fuite. Fuite éternelle du Nègre devant la misère et le malheur! Il avait couru droit devant lui sans jamais s'arrêter pour reprendre son souffle, enjambant les ravines aux parois raides, escaladant des mornes et brusquement, butant sur la forêt, il s'était trouvé devant un panneau : « Rivière au Sel. »

Le coin avait l'air assez fermé, retiré, pour décourager le zèle de la police! On sentait que ceux qui vivaient là ne devaient pas voir plus loin que le bout de leur nez, respirer d'autre odeur que celle de leur haleine. Si les gendarmes venaient fouiner dans les parages, on ne leur répondrait sûrement pas de bonne grâce. Aussi il avait décidé de jeter l'ancre à Rivière au Sel! Bien vite cependant, il s'était aperçu qu'il n'avait pas été le seul à faire ce raisonnement. Pas moins d'une douzaine de Jacmelliens, de Cayois ou de Gonaïvains, reconnaissables au noir sans nuances de leur peau et à la manière furtive dont ils se rendaient à leurs cases de boue et de tôle, groupées à un endroit dit Beaugendre. Car c'est là qu'ils recréaient de leur mieux le pays perdu.

Désinor s'étant mis en tête de tirer sa déveine tout seul, il plaça la plus grande distance entre ce lieu et lui. Cela indisposa fort la colonie des exilés qui commença à bâtir à son sujet des contes fantastiques. Il serait un tonton-macoute lâché par les siens, une âme damnée de Jean-Claude que ce dernier aurait abandonnée avant d'aller mener la vie douce en France avec les millions volés, un boko[1] poursuivi par des loas[2] en colère.

Désinor ne s'occupait pas, allant son chemin.

1. Sorcier.
2. Esprits.

Depuis qu'il était à Rivière au Sel, l'envie l'avait pris d'être son propre maître et il avait choisi de proposer ses services par-ci par-là, bon à tout faire, à fouiller des ignames, sarcler une pièce de manioc, cueillir des cocos, élaguer un pié-bwa.

Il adossa une case en gaulette à un manguier qui, en saison, lâchait ses fruits avec un roulement de gwo-ka et la coiffa de deux ou trois feuilles de tôle. Une fois qu'il se fut taillé un escabeau et fabriqué une table avec les planches d'une caisse à whisky, il éprouva un puissant sentiment de propriété. Dans la noirceur, il allongeait ses os sur une cabane et rêvait de New York qu'il ne connaîtrait jamais, il le voyait. Ou bien, il se répétait les lettres de Carlos :

« Frère Désinor,

Je t'écris pour te faire savoir que ma santé est bonne. Je ne peux pas croire ce que tu me dis. Cette Guadeloupe est un pays comme les autres pays. On ne peut pas en sortir pour aller seulement en France. Renseigne-toi... »

Désinor riait : Carlos ne pouvait pas comprendre. Non, ce pays-là n'était pas un pays comme tous les pays. Les avions n'effectuaient que des aller-retour La Pointe-Paris ! Les gens ne voyageaient qu'en métropole !

Désinor vécut deux grandes années ainsi, dans la solitude extrême, avec pour toute compagnie les lettres de Carlos que Moïse lui apportait régulièrement, souvent alourdies d'un fraternel *money order*[1]. Un matin, comme il arrivait aux Trois Chemins, il vit une colonne de fumée serpenter au-dessus de la case des charbonniers. Toutefois ce n'étaient pas Justinien et son accorte Josyna qui s'y étaient réinstallés.

1. Sorte de mandat.

C'était un Nègre noir comme le deuil et l'éternité et qui posait sur les gens un regard pesant comme la déveine. Son corps squelettique était plus ou moins couvert de haillons faits d'une étoffe si grossière qu'on aurait dit du jute. Ses pieds s'étalaient lourds et noueux comme des ignames grosse caye. Malgré son empire sur lui-même, Désinor sursauta et faillit prendre ses jambes à son cou. Puis il parvint à se contrôler et murmura poliment :

– Sa ou fè?

L'autre donna une réponse incompréhensible.

Trois jours plus tard, comme il s'en allait cueillir du manjé pour les lapins de Dodose Pélagie, il tomba à nouveau sur l'énergumène, debout comme un chien à l'arrêt sous un bois-trompette. Non sans mal, il engagea la conversation avec lui et apprit qu'il se nommait Xantippe.

Il se trouvait que Xantippe entre divers fruits et légumes faisait pousser sur son carreau de terre un tabac. Un tabac tel que Désinor n'en avait plus goûté depuis qu'il avait quitté les rives de l'Artibonite. Une fois séchées et roulées, les feuilles vous donnaient une de ces fumées, douce à enivrer le diable lui-même dans son Enfer. Les deux compères prirent l'habitude de s'asseoir l'un en face de l'autre dans le serein et, sans faire usage de mots, de s'épancher dans la bienheureuse odeur.

Le cœur de Désinor était plein du gros bleu du ciel d'Haïti, ou du blanc poudreux des trottoirs de Manhattan où Carlos s'enfonçait jusqu'à mi-cuisses. Il ronchonnait :

– Je sais bien que je ne la verrai jamais, la Statue de la Liberté. D'ailleurs, on m'a dit qu'elle n'est pas belle et ne fait bon visage qu'aux immigrants d'une autre sorte que la nôtre. Nous n'avons pas la bonne couleur.

Xantippe, lui, grommelait toujours les mêmes choses. Histoire de feu. Histoire de case calcinée. Histoire d'étincelles dansant en gerbe dans la lumière de midi. Pendant un temps, Désinor se demanda si Xantippe n'était pas un de ces pyromanes qui mettent la police sur les dents. Il en avait assez la tête! En outre, qu'est-ce qu'il faisait, à errer dans les bois depuis le pipirite chantant? Jusqu'au jour où « Chez Christian », quelqu'un débita, avec le ton de l'assurance, le drame du malheureux bougre.

Désormais, Désinor se sentit lié à Xantippe par un lien plus solide. Y avait-il plus malheureux, plus solitaires qu'eux, sans femme, sans enfants, sans ami, sans père, sans mère, sans rien sous le soleil?

La pluie s'arrêta un instant de marteler la tôle et, dans le silence, on entendit le chœur des femmes :

« L'Eternel est dans sa demeure sainte.
L'Eternel a son trône dans les cieux.
Ses yeux observent,
Ses regards sondent les fils des hommes. »

Bienheureux Francis Sancher sur qui la vie avait fini d'user ses griffes et qui avait à présent toute l'éternité pour se reposer! A ce moment, l'estomac rassasié de Désinor émit un rot bruyant et ses voisins le regardèrent, horrifiés par la présence de ce Nègre malotru.

DODOSE PÉLAGIE

Je n'ai pas connu de jeunesse, hormis ce passage obscurci par la folie du péché. La vieillesse m'approche. Dans la noirceur de mon cœur sans joie, j'ai repoussé, injurié cet homme-là quand il a voulu m'aider et, à présent, je ne peux plus réparer.

A quinze ans, quand j'allais par les rues de La Pointe, mes cheveux lâchés dans mon dos, les hommes me regardaient et leurs yeux brillaient. Au lycée, j'étais la première partout et les professeurs disaient que j'irais loin. Hélas, cette année-là, mon père qui travaillait aux Contributions et qui, à chaque congé, emmenait la petite famille en métropole, a été emporté par une fièvre typhoïde. Alors ma mère courage s'est vissée sur le tabouret de son piano et s'est mise à donner des leçons aux enfants de ses relations. Très vite, nous nous sommes aperçus que cela ne suffisait pas, car avec mes deux jeunes sœurs et mon petit frère, nous étions cinq. Cinq bouches à nourrir sur des gammes, des arpèges et *Le Clavecin bien tempéré*. Je me demandais que faire pour lui venir en aide – entrer à l'Ecole Normale pour devenir institutrice? – quand, un soir, elle m'a fait venir dans sa chambre. Sur une table basse, une lampe éternelle brûlait devant la photo de mon père, avec ses grandes moustaches et ses beaux cheveux coiffés à l'embusqué. Ma mère a sangloté :

– Dieu m'est témoin que je souffre en te proposant cela. Mais Emmanuel Pélagie est venu me parler de toi pour le bon motif. Ce serait la manne dans notre désert!

Emmanuel Pélagie! Je le connaissais. Je l'avais vu précisément à l'enterrement de mon père, raide comme un L sous le grand soleil de trois heures de l'après-midi. Emmanuel Pélagie est une grande fierté pour le pays. C'est un Nègre noir, pas mal de sa personne, né sur le Canal Vatable d'une malheureuse. Malgré cela, il est devenu ingénieur des Eaux et Forêts et travaille quelque part en Afrique. J'ai bégayé :

– Je ne veux pas partir en Afrique.

Ma mère m'a pris la main :

– Justement, il ne veut plus retourner là-bas. Il veut se fixer ici et trouver une femme.

J'ai hurlé :

– Pourquoi moi? Pourquoi moi?

Ma mère s'est mise à pleurer. Deux mois plus tard, je me mariais.

Peut-être que d'autres femmes à ma place ne se seraient pas senties de joie. Mon mari était le Directeur du Centre de Recherches Agronomiques et Fruitières de la Guadeloupe. Nous habitions une villa de fonction dans un parc de trois hectares à

Gosier. Nous recevions à notre table toutes qualités de gens, le sous-préfet, des métropolitains en mission, des Martiniquais, des Guyanais, une fois même un béké avec un « de » à son nom. Je commandais mes robes aux Trois Quartiers à Paris. Chaque soir, c'étaient des dîners de quinze-vingt couverts. Depuis cinq heures du matin, mes servantes émiettaient la chair des crabes, faisaient lever la pâte feuilletée, plumaient la volaille.

Pour moi, je souffrais le martyre, car je ne pouvais supporter Emmanuel Pélagie. Je ne pouvais supporter le bruit de ses paroles quand il pérorait à table :

– C'est une erreur de croire qu'Africains et Antillais ont quoi que ce soit en commun, hormis la couleur de la peau. Enfin dans certains cas! Regardez ma femme! On dirait une Espagnole! Notre société est une société métisse. Je rejette le mot « créole » que certains emploient. J'ai travaillé cinq ans en Côte-d'Ivoire dans une plantation d'okoumé. Vous savez, ce bois précieux! Et pour parler à mes gens, j'avais besoin d'un interprète. D'un interprète. Nous ne pouvions pas communiquer. Noirs, nous ne pouvions communiquer!

Ou encore :

– La loi du 19 mars 1946 a été vidée de tout son sens par les gouvernements qui se sont succédé depuis 1947, date de la rupture du tripartisme. Il faut donc la création de partis revendiquant l'autonomie de la Guadeloupe!

Je ne pouvais supporter son rire. Je ne pouvais supporter l'odeur d'eau de Botot de sa bouche quand il m'embrassait, d'eau de Cologne Jean-Marie Farina de son corps quand il s'approchait de moi. Heureusement, il était tellement absorbé par lui-même qu'il ne s'apercevait de rien. La nuit, une fois son plaisir pris, il me donnait dos avec un soupir révélateur d'un bien-être que je ne partageais pas.

Apparemment, j'étais une des rares personnes à ne pas apprécier Emmanuel Pélagie. Notre salon ne désemplissait pas de visiteurs. Les jours où il ne travaillait pas, il tenait de véritables audiences. Le téléphone, que nous avions été parmi les premiers à avoir, n'arrêtait pas de sonner. Je ne tardai pas à comprendre le pourquoi de la chose. Emmanuel Pélagie faisait de la politique. Il s'était pris d'admiration pour un certain Rosan Girard et le suivait comme un chien fidèle. Je l'entendais parler de guerre en Algérie, d'émeutes à Fort-de-France, d'incidents violents au Moule. Moi, tout cela ne m'intéressait pas. Je lui fermais mes oreilles comme mon cœur.

Deux ou trois années se passèrent comme cela, Emmanuel Pélagie courant à ses meetings politiques. Moi, m'occupant à ces mille riens qui composent la vie d'une petite-bourgeoise. A chaque instant davantage, je détestais mon mari. C'est qu'il disait une chose et en faisait une autre.

Sous ses beaux discours, il méprisait secrètement ses compatriotes et ne se sentait en harmonie qu'avec les métropolitains qui défilaient à notre table. Il paradait devant eux, mettant sur l'électrophone des disques d'opéras, *La Flûte enchantée* ou *Madame Butterfly*. Jamais une biguine, une mazurka! Lors des dîners, moi, je ne trouvais rien à dire aux métropolitains assis à mes côtés et je me demandais s'ils étaient vivants, si c'était du sang qui coulait sous leur peau, s'ils n'étaient pas simplement de grands masques blancs, sans sexualité, ni sensibilité.

Pour la Guadeloupe, ce furent de drôles d'années que celles-là! Dans l'ombre, des gens traçaient sur les murs des lettres étranges qui sonnaient comme des tocsins. Des inscriptions injurieuses, « De Gaulle assassin », « A bas le colonialisme » – un mot nouveau ! –. J'entendais Emmanuel parler fermement d'usines et de chômage des ouvriers agricoles. Il se réunissait avec des hommes, médecins, avocats, hauts fonctionnaires comme lui, qui faisaient semblant de parler créole entre eux et se permettaient de me dire :

– Dodose, sa kaye[1] ?

Quand je pensais que quelques heures plus tard, Emmanuel allait nouer son nœud papillon et chantonner *Madame Butterfly*, la rage me prenait. Un soir, lors d'un de ces sempiternels dîners, je me suis trouvée assise à côté d'un jeune ingénieur des Eaux et Forêts. Il avait des yeux pareils au ciel, un jour de beau temps. Bleus, en somme ! Au moment du vol-au-vent de cabri, il prit ma main sous la table.

Ah, Pierre-Henri de Vindreuil ! Du jour au lendemain, mon opinion sur les métropolitains changea.

Pierre-Henri et moi, nous nous rencontrions dans son appartement de la tour de Massabielle, à hauteur des toits rouillés de La Pointe. La rumeur de la ville se mêlait à nos cris, puis à nos longues confidences d'après les étreintes. Pour la première fois, je parlais de moi et quelqu'un m'écoutait. Volupté infinie ! Je parlais de ma mère, vivant comblée à présent, car Emmanuel était très généreux avec elle. Je parlais du sacrifice que mes seize ans avaient consenti. De mon triste mariage. Sur ce dernier point, Pierre-Henri ne me comprenait pas. Il s'étonnait :

– Il a l'air intelligent pourtant !

Ce n'est pas d'intelligence qu'une femme a besoin. On ne saurait vivre avec un génie. C'est de tendresse, d'amour !

1. Ça va bien ?

Dans le bonheur où je nageais, rien ne vint m'avertir que le malheur sournois s'avançait. On était, je m'en souviens, à la veille de Noël. De grands sapins couverts de neige artificielle se dressaient dans les vitrines des Libanais et, au sortir des bureaux, la foule se hâtait de commander des bûches à une pâtisserie à la mode située derrière la cathédrale. Les plus fortunés se rendaient en métropole et je maudissais l'hypocrisie d'Emmanuel Pélagie qui nous interdisait ce voyage. Comme j'aurais aimé, moi aussi, dîner d'huîtres et de vin blanc dans un restaurant élégant !

Un après-midi, Pierre-Henri m'annonça brutalement qu'il était rappelé à Paris. Je rentrai chez moi, effondrée, pour trouver notre galerie pleine d'hommes et de femmes en larmes. Emmanuel Pélagie avait été frappé, puis arrêté par les forces de l'ordre, lors d'une réunion politique, tenue malgré l'interdiction de la Préfecture. Il passa plusieurs jours à la geôle. Quand il en ressortit, il fut muté, pour des raisons disciplinaires, au Centre de Recherches de Rivière au Sel afin de s'occuper d'une plantation expérimentale de mahoganys du Honduras. Sa carrière était brisée. Rivière au Sel !

Je hais ce lieu d'ombre et d'humidité ! L'œil cherche le ciel et ne le voit pas, barré qu'il est par les pois-doux, les génipas ou les immortels géants protégeant les bois d'Inde, les gliricidias ou les poiriers-pays, protégeant à leur tour les merisiers-montagne ou les goyaviers bâtards. Toutes ces créatures sans âge enfoncent leurs pesantes racines dans le sombre sol spongieux tandis que se balancent à hauteur de visage les lianes pointant leurs langues bifides et que, voraces, les épiphytes se repaissent des troncs et des branches. Tandis qu'Emmanuel Pélagie surveillait la croissance des pieds de mahoganys dont il a la charge, je marchais jusqu'à l'étang de Bois Sec, parmi les fougères arborescentes et les peuplements de bambous, priant le Bon Dieu qu'un des esprits dont on dit le lieu infesté fonde sur moi et m'enlève une vie sans objet. Depuis son départ pour la métropole le 23 décembre, Pierre-Henri ne m'avait jamais écrit. Quant à Emmanuel, finis les beaux discours! Finis les airs d'opéras. Comme devenu muet et sourd, il se repliait sur lui-même et ne m'adressait pratiquement plus la parole. Parfois je rencontrais son regard lourd comme le Jugement dernier et je frissonnais.

Un matin, la première gorgée de café avalée, je ne pus retenir une nausée. J'étais enceinte. Enceinte! Je pris cela comme une bonté du Bon Dieu! C'est dans l'espérance que je portai mon enfant. Je lui disais tandis qu'il s'ébrouait à l'abri de mon ventre :

– Tu seras mon refuge et ma consolation. Tu me rendras la jeunesse que je n'ai pas goûtée. Tu seras mon soleil!

Hélas, j'oubliais que l'Eternel ne rumine que la vengeance!

Quelques heures après sa naissance, alors que je me reposais dans cette paix qui suit les labeurs et que j'imaginais déjà ma vie, bouleversée par ce petit poids de chair innocent, Sonny, mon fils nouveau-né, a fait une hémorragie cérébrale. Diminué pour la vie!

Quand les médecins nous ont laissés face à face avec notre malheur, Emmanuel Pélagie m'a regardée dans le blanc des yeux et a dit seulement :

– C'est ta faute!

Que signifie cette phrase? C'est la question qui depuis me hante. Emmanuel Pélagie sait-il que c'est le péché tant et tant de fois commis avec Pierre-Henri et dont le souvenir se frayant un chemin jusqu'aux tréfonds de mon être le fait encore tressaillir qui est cause de toute cette désolation dans nos vies? Jamais nous ne nous sommes expliqués et, jour après jour, j'ai en face de moi cette face pierreuse.

On comprendra aisément que, dans mon état d'esprit, je n'avais pas une pensée à perdre pour Francis Sancher. Je savais que Sonny était fréquemment chez lui, mais je ne pouvais pas l'en empêcher. Les gens de Rivière au Sel détestent les étrangers. Ils les détestent et racontent n'importe quoi à leur sujet. Au début de ma vie ici, quand dans le serein je prenais le frais avec mon malheureux Sonny, toutes les persiennes se baissaient à notre passage tandis que le chuchotement calomnieux de bouches invisibles accompagnait notre marche :

– Regardez-les! C'est une femme qui a mené la vie à La Pointe. Et lui c'est la Croix que le Bon Dieu lui a donné à porter.

– Attention! Est-ce qu'elle n'est pas venue faire ses saletés chez nous?

Aussi, quand Madame Mondésir m'a raconté que Francis Sancher était un makoumé qui faisait ses vices avec Moïse, Madame Poirier qu'il avait trafiqué des armes en Afrique et cachait son sale argent sous son matelas, je ne me suis pas occupée. Or ne voilà-t-il pas qu'un soir je revenais d'une promenade à Bois l'Etang quand je l'ai rencontré. J'aime cet endroit que fréquentent, d'après ce qu'on raconte, les esprits de nos anciens, morts, ensevelis pendant l'esclavage. Le ciel toujours gris est barré par les crêtes en lame de couteau de la montagne. Des nénuphars, des lentilles et des touffes d'herbe rigides couvrent en tapis épais l'œil mort de la mare et l'air est plein de murmures, de sifflements, de pépiements. Les gens évitent cet endroit-là et je n'y rencontre jamais personne, sauf ce pauvre Xantippe que j'ai vu plusieurs fois se frayant son chemin au coutelas sous les grands arbres. J'étais remontée par la trace Saint-Charles, abrupte à cet endroit-là sous l'ombrage des poiriers-pays, quand je suis tombée nez à nez avec Francis Sancher.

J'avoue que pour un homme dont on disait pis que pendre, j'ai été surprise par la douceur, la lumière de son regard, faite du souvenir de rêves qu'on dirait mal éteints, d'illusions à demi défuntes, d'espoirs charroyés par les torrents d'eau des rivières de la vie. Il a marché droit sur moi et m'a saluée très poliment :

– Je m'apprêtais à venir chez vous, Madame.

Quelque chose s'est raidi en moi et j'ai demandé :

– Chez moi ? Qu'est-ce que vous veniez chercher chez moi ?

Il ne s'est pas laissé démonter par ma rebuffade et a expliqué :

– Je voudrais vous parler de Sonny. Je suis médecin, vous savez. Ma spécialité est tout autre, mais...

Je l'ai interrompu. Net :

– Monsieur, je n'ai pas besoin de vous pour apprendre à m'occuper de mon enfant.

Et comme il restait là, à me fixer de son regard sans reproche, des mots me sont montés à la bouche, des gros mots, des injures qui résonnaient dans le silence du sous-bois et qui n'étaient pas dirigés contre lui, mais à travers lui contre la vie, tellement injuste avec moi qui avais enterré mes meilleures années dans cette geôle sans espoir. Ensuite, mes mots, mes injures se sont changés en eau, amère de tout mon chagrin.

Tels sont les faits ! Cet homme qui aimait mon malheureux enfant qui a tellement besoin d'amour est mort. Je reste avec ma peine et mon regret de ne pas l'avoir écouté jusqu'au bout. Pourtant, il m'a montré la voie.

J'ai commencé à m'interroger dans le secret de mon cœur. Est-ce que j'aime réellement mon malheureux Sonny? Est-ce qu'il n'est pas simplement une Croix que je rêve de déposer? Est-ce qu'il n'est pas une blessure toujours ouverte à mon orgueil? Une incarnation douloureuse de mon remords? Ou d'un châtiment infligé à Emmanuel que je ne cesse pas de haïr, mais que je n'ai jamais su quitter? Il faut que cela finisse. Désormais, je prendrai soin de lui. Je frapperai à la porte de chaque hôpital, de chaque clinique, de chaque dispensaire. J'assiégerai chaque médecin. J'essaierai chaque nouveau traitement. J'irai au bout du monde s'il le faut. Je laisserai Emmanuel, enfermé dans ses rancœurs et Rivière au Sel, ses petitesses immuables.

Oui, il y a un temps pour chercher et un temps pour laisser perdre; un temps pour conserver et un temps pour dissiper; un temps pour déchirer et un temps pour recoudre; un temps pour se taire et un temps pour parler; un temps pour aimer et un temps pour haïr.

Voici venu le temps de mon re-commencement.

LUCIEN ÉVARISTE

« Quand je pense à quel point je me suis trompé sur son compte! Je l'ai confondu avec un barbudo[1] de la Sierra Maestra, un bâtisseur de monde, alors qu'en réalité il appartenait à l'espèce la plus dangereuse, celle qui est revenue de tout et brûle ce qu'elle a adoré dans son autrefois. Pourtant je l'aimais, c'était mon ami. »

Lucien Evariste s'était tenu longtemps parmi les hommes sous la bâche dans la nuit couleur de pluie. A présent, il était entré dans la chambre mortuaire non pas pour prier, mais pour se réchauffer à la chaleur des cierges et des litanies. Car pour ce qui est de prier, depuis des années, Lucien n'avait pas récité un « Je vous Salue Marie », encore moins un « Confiteor Deo ». Pourtant, il avait été enfant de chœur et sa mère, le couvant des yeux dans ses surplis, avait rêvé de donner un prêtre à l'église. Elle l'avait eu sur le tard, ce garçon, et elle se demandait ce qu'elle avait fait au Bon Dieu, lasse qu'elle était depuis quatorze ans d'emmagasiner pour rien le

1. Compagnon de Fidel Castro dans la Sierra Maestra.

sperme de son bouillant mari le docteur Evariste qui avait son cabinet à deux pas du presbytère et de la cathédrale, mais qui, la nuit venue, se moquait pas mal du commandement de Dieu : luxurieux point ne seras. Fruit tardif, Lucien avait grandi enveloppé dans la dentelle et la toile de lin. Il avait été nourri à la fleur de farine et calmé à la fleur d'oranger. A sept ans, assis au banc 32 de la cathédrale entre son père et sa mère, il tournait les pages d'un gros missel et chantait les cantiques à voix juste :

« O Dieu vainqueur
Sauvez, sauvez la France
Au nom du Sacré Cœur. »

C'est dire comment ses parents avaient souffert quand il était devenu révolutionnaire et athée!

Tout cela avait commencé de façon fortuite. Alors qu'il était un sage étudiant à Paris, licence de lettres classiques, il avait suivi un camarade par pure et simple curiosité à une manifestation. Il n'avait pas fait cent mètres le long de la rue des Ecoles qu'un soudard de C.R.S. lui avait arraché la moitié de l'oreille d'un coup de matraque. Cet organe injustement mutilé avait décidé de son avenir et il était, de ce jour, devenu un pilier de la contestation étudiante tous azimuts. Au pays, sa mère se désolait. Mais son père lui répétait en haussant les épaules qu'elle avait bien tort de se faire du mauvais sang. Une fois au bon soleil de Guadeloupe, toutes ces idées lui sortiraient de la tête. Les insoumis de la guerre d'Algérie n'étaient-ils pas rentrés dans le rang, émargeant les uns après les autres au budget de la métropole? Pour une fois néanmoins, la science de Lucien père, infaillible en cas d'ulcère du duodénum ou d'inflammation de la plèvre, s'était trouvée en défaut. De retour au pays, Lucien avait refusé d'habiter sous le toit familial et après avoir rallié bruyamment la cause des Patriotes, à ce titre, avait été sacré éditorialiste à Radyo Kon Lambi et responsable d'une émission : « Moun an tan lontan »[1], au cours de laquelle il contait la vie des héros, martyrs, patriotes, leaders, grandes figures disparues de mort naturelle et plus souvent de mort violente qui avaient bataillé pour que se lèvent debout et marchent les damnés de la terre. Pour chacune des paroles qui tombaient de sa bouche, sa mère l'oreille collée au poste de radio demandait pardon au Bon Dieu. Car pour elle, parler de lutte des classes ou d'exploitation de l'homme par l'homme était aussi coupable que parler de fornication et d'adultère. Pour symboliser de manière éclatante son rejet de son milieu d'origine où on ne se mariait qu'entre gens de même peau et de même compte en banque, Lucien s'était mis en ménage avec Margarita, une Négresse noire qu'il avait enlevée à un étal à Petit Canal. Margarita ne savait pas aligner trois mots de français, mais depuis s'y essayait ardemment au milieu des ricanements des voisins.

Lucien était heureux d'être revenu au pays, sitôt terminée sa maîtrise. Plus souvent qu'à son tour, c'est vrai, un poignant regret le prenait de la torpeur de cette terre stérile qui ne parvenait pas à accoucher de sa Révolution. Ah, être né ailleurs! Au Chili! En Argentine! Ou tout simplement à un jet de pierre, à Cuba! Vaincre ou mourir pour la liberté!

Aussi pour occuper les soirées que Margarita passait à palpiter aux aventures sur petit écran des héritières américaines, Lucien s'était-il mis en demeure d'écrire un roman. Néanmoins, il n'arrivait

1. Figures d'autrefois.

à rien, hésitant entre une fresque historique retraçant les hauts faits des Nèg mawon[1], et une chronique romancée de la grande insurrection du Sud de 1837. Ses amis patriotes, abondamment consultés, étaient aussi hésitants, les uns penchant pour les nèg mawon, les autres pour la révolte du Sud, mais tous le sommant d'écrire dans sa langue maternelle, c'est-à-dire le créole. Lucien qui, à l'âge de six ans, avait reçu de ses deux parents une paire de calottes pour avoir prononcé à voix haute la seule expression créole qu'il connaissait : « A pa jé ![2] », en était bien empêché et, n'osant avouer son impuissance, regardait sans y toucher la machine à écrire électronique qu'il avait achetée à grands frais. C'est Carmélien Ramsaran qui lui avait signalé la présence de Francis Sancher à Rivière au Sel.

Carmélien et Lucien étaient devenus amis à force de se griller au soleil les samedis après-midi au stade et de pester après le gardien de but de l'Etoile Petite-Bourgeoise. Ils se rencontraient souvent et dérangeaient fort Margarita du bruit de leurs chamailleries, car Carmélien était bien l'enfant de Sylvestre qui se vantait de n'avoir jamais tenu dans ses mains un bulletin de vote. Quand Lucien s'embarquait dans ses envolées idéologiques, Carmélien le ramenait sur terre d'un ton moqueur :

– Ouvre les yeux, mon cher ! Nous sommes déjà européens ! L'Indépendance est une belle endormie qu'aucun Prince ne réveillera plus.

Un Cubain à Rivière au Sel ! Un Cubain ! Lucien, qui n'ignorait rien de l'épopée de Fidel Castro dans la Sierra Maestra, qui avait pris parti dans son différend avec le Che, qui avait admiré *La Ultima*

1. Nègres marrons.
2. C'est sérieux.

Cena des dizaines de fois au cours des festivals de cinéma du Tiers Monde et qui savait jusqu'au dernier homme le chiffre de la présence soviétique à Cuba n'avait jamais vu un Cubain, de ses deux yeux vu! A part peut-être les musiciens de la Sonora Mantecera qui faisait les beaux jours du Quartier latin du temps où il était étudiant! Toutefois, il s'agissait là de Cubains vivant à Miami, d'exilés, de contre-révolutionnaires!

Un Cubain à Rivière au Sel! Mais que pouvait-il bien y faire? Carmélien eut une moue :

– Il dit qu'il est écrivain.

– Ecrivain?

Lucien bondit, songeant à Alejo Carpentier et José Lezama Lima et se voyant déjà discutant style, technique narrative, utilisation de l'oralité dans l'écriture! En temps normal, pareilles discussions étaient impossibles, les quelques écrivains guadeloupéens passant le plus clair de leur temps à pérorer sur la culture antillaise à Los Angeles ou à Berkeley. Carmélien eut beau s'efforcer de doucher son enthousiasme en ajoutant que, selon lui, c'était un de ces indésirables que Fidel Castro avait mis dehors à cause de leurs vices, il ne l'écouta pas. Un Cubain à Rivière au Sel! Comment l'aborder?

Après mûres réflexions, Lucien se décida à lui adresser une épître circonstanciée pour l'inviter à une de ses émissions à Radyo Kon Lambi. Cependant de grandes semaines se passèrent dans l'attente. Il eut beau guetter la camionnette jaune du facteur, pousser jusqu'au bureau de poste et avertir à la ronde qu'il attendait un pli important, rien. Contre l'avis de Margarita qui, de son côté, entendait dire pis que pendre de Francis Sancher, il se décida tout simplement à aller le voir. La pratique est courante dans les bourgs et villages. Dieu merci, on n'était pas à

La Pointe où la moindre visite devait être précédée d'un coup de téléphone.

Lucien se prépara fiévreusement à cette rencontre. Il fit copie de ses meilleures émissions, en particulier de celle réalisée au lendemain de la mort de Cheikh Anta Diop avec un instituteur béninois, miraculeusement en poste à l'Anse Bertrand. Le Béninois n'avait jamais lu *Nations nègres et cultures*. Qu'importe, c'était un authentique fils d'Afrique! Il passa des nuits à rédiger des avant-projets de ses deux romans, déchirant au matin ce qu'il avait conçu à grand-peine dans la noirceur. Finalement, craignant de paraître prétentieux, il se décida à partir les mains vides.

Il arriva à Rivière au Sel sur le coup de six heures du soir, le cœur battant à un rythme endiablé, comme s'il allait passer un examen. Toutefois, il admira, avant qu'il ne se noie dans l'ombre, ce paysage sans excès qui à chaque fois l'émouvait. La terre généreuse entre les pieds des ignames chevelues et des bananiers serrés les uns contre les autres dans la peur du grand vent et pour mieux soutenir la pesante excroissance de leurs régimes emmaillotés de bleu, les donjons vert sombre de la forêt et, à l'horizon, la chaîne de montagnes, massive, tendre et vigilante à la fois. Il avait donné son cœur à cette région.

Quand une fois le mois il descendait à La Pointe pour ces interminables repas chez ses parents au cours desquels son père lui serinait comment la politique ruine la vie dans ce monde et sa mère, dans l'autre, comme il les plaignait de leur étouffant face-à-face avec la chaleur et le béton!

Pas à dire, malgré sa barbe, Francis Sancher ne ressemblait guère à un barbudo!

Dépoitraillé, chemise grande ouverte sur son poil bouclé, il fixait sa machine à écrire comme un adversaire dont on connaît le caractère coriace. Il leva sur Lucien un beau regard brumeux où flottaient rêve et déraison et s'exclama :

– Une lettre? Quelle idée! Je n'ouvre que mes factures. Et que m'y disais-tu donc?

Paralysé par l'émotion, Lucien pataugea dans le petit discours qu'il avait préparé dans le Car Rapide. Francis Sancher l'écouta, un sourire à la fois paternel et moqueur se jouant sur ses lèvres, alla chercher une bouteille de rhum et deux verres, puis déclara :

– Tu as frappé à la mauvaise porte, petit. Permets que je t'appelle comme ça. Moi que tu vois devant toi, je ne saurais te parler que d'hommes et de femmes mis en terre avec la même envie de vivre interrompue. Net. Pas de combats glorieux! Et puis, ceux-là dont tu me parles, je n'ai jamais entendu leur nom. Car je ne suis pas ce que tu crois. Moi presque zombie, j'essaie de fixer la vie que je vais perdre avec des mots. Pour moi écrire, c'est le contraire de vivre. C'est mon aveu de sénilité.

Lucien se récria, affirmant que la littérature était nécessairement le prolongement d'un combat, appelant à la rescousse Césaire et ses armes miraculeuses. Francis Sancher éclata de rire :

– Je parlais comme ça avant.

– Avant quoi?

S'étant versé une rasade de rhum à affoler un coq gim[1] de bonne taille, Francis Sancher reprit :

– Et d'abord, je ne suis pas cubain. Je suis né en Colombie, à Medellín. Selon la coutume, à ses sept mois, ma mère avait quitté la plantation et était allée attendre ma naissance chez ses parents, vieux bourgeois momifiés dans leurs préjugés qui habitaient une des rares belles et vieilles maisons de cette

1. Coq de combat.

horrible cité industrielle à deux pas de l'église San José. Elle a failli mourir en accouchant et, pendant qu'on luttait pour sa vie, on m'a oublié quarante-huit heures couvert de sang et de matières fécales dans le coin où la sage-femme m'avait déposé. J'aurais dû mourir à ce moment-là !

– Mais tu as bien été à Cuba?

– Cuba? Plus tard, beaucoup plus tard !

– T'es-tu battu...? T'es-tu battu?

Sur ces entrefaites, Moïse Maringoin salué par les aboiements furieux des chiens qui, chose curieuse, avaient tout juste remué la queue à la vue de Lucien, s'amena au beau milieu de la question. Lucien n'était pas homme à écouter les ragots. Pourtant, il trouva au nouveau venu la mine bien aigre, celle-là même que faisait Margarita quand il soutenait une longue conversation avec un intrus. Francis Sancher dérivait pendant ce temps :

– Mon père avait au visage une grande tache lie-de-vin au milieu de laquelle nageait son petit œil froid comme celui d'un requin. J'ai l'impression qu'il était toujours vêtu de noir tant tout son être évoquait pour moi la mort. En réalité, il devait porter des costumes de toile blanche raide empesée par les soins de nos innombrables servantes. Tous les soirs, ma mère nous faisait, mon frère et moi, mettre à genoux au pied de son lit dans sa grande chambre carrelée de rouge et les yeux fixés sur le Crucifix nous faisait prier pour lui. Nous savions qu'une malédiction pesait sur la famille.

A ce point du discours, Moïse fixa Lucien d'un air de dire :

– A-t-il la tête fêlée, hein? A-t-il la tête fêlée?

Tandis que Lucien qui avait tant bien que mal retrouvé ses esprits raillait :

– Une malédiction! Tu parles comme un Nègre des champs!

– Une malédiction, je te dis! Qui se traduisait par des morts subites, brutales, inexpliquées, toujours au même âge, la cinquantaine. Mon grand-père avait été terrassé à dos de cheval alors qu'il revenait d'une partie de cartes où il avait triché comme à l'accoutumée. Mon arrière-grand-père, après une nuit où il n'avait même pas fait l'amour à sa maîtresse favorite, Luciana. Mon arrière-arrière-arrière-grand-père, le lendemain de ses deuxièmes noces, s'était noyé dans les marais de Louisiane où il avait pris refuge en fuyant la Guadeloupe...

Lucien sursauta :

– La Guadeloupe? Qu'est-ce que tu me chantes là à présent?

– Ah, je ne t'ai pas encore tout dit! Des papiers prouvent que tout part d'ici.

– D'ici?

– As-tu entendu parler d'une Habitation Saint-Calvaire?

– Saint-Calvaire? Je ne suis pas historien, moi. Demande à Emile Etienne.

Cette première rencontre s'était terminée par une cuite monumentale, au point que Lucien, sur le chemin du retour à Petit Bourg, avait bien failli plonger dans la rivière Moustique.

Deux jours plus tard, rencontrant Emile Etienne en pleine rue Frébault à La Pointe, il l'avait questionné. Mais Emile Etienne avait haussé les épaules, traitant de « couillonnades » sans fondement historique les propos de Francis Sancher.

Rongé par la curiosité, Lucien était revenu voir Francis Sancher pour tenter de mettre morceau à morceau le puzzle que constituait sa vie :

– Tu étais donc médecin militaire?

– Si tu veux ! Tu sais quand ils ont commencé à se méfier de moi ? Quand j'ai commencé à prendre en pitié les Portugais. Au début, pour moi aussi, ce n'était qu'un tas de salauds qui avaient saigné à blanc le pays et méritaient ce qui leur arrivait. Et puis, dans une chambre de l'hôtel Tivoli, à côté de la mienne, Doña Maria se mourait d'un cancer. Sous prétexte qu'elle était de toute façon condamnée, son mari avait raflé tous ses bijoux, tour de cou et aigrettes, et était monté dans le premier avion en partance pour Lisbonne. Dans les très rares moments où elle ne souffrait pas comme une bête, je me glissais à son chevet et je lui lisais son roman favori, *Les Frères Karamazov* : « Il faut qu'un homme soit caché pour qu'on puisse l'aimer. »

Que faire de toutes ces anecdotes sans queue ni tête ? se demandait Lucien. Qu'en faire ?

Il ne résolvait pas le problème. Mais à force de vider sec sur sec avec Francis Sancher, il se payait des crises de foie et Margarita pestait en recevant son haleine en plein visage.

Bientôt se mirent à circuler des informations venues d'une autre source, à savoir de Sylvanie, la femme d'Emile Etienne, qui répétait ou déformait des propos de son mari. A l'en croire, Francis Sancher se prendrait pour le descendant d'un béké maudit par ses esclaves et revenant errer sur les lieux de ses crimes passés. Si de telles histoires laissent sceptiques les intellectuels, les âmes populaires s'en délectent et tout le monde épiait Francis Sancher quand il venait refaire sa provision de rhum au bourg, lui trouvant en vérité la mine bien maudite. Les femmes cachaient un faible pour l'acomat-boucan d'homme, si haut, si droit sous sa ramure argentée. Mais les hommes ne l'encaissaient pas et le traitaient de tous les noms :

– C'est cela ! C'est cela même. Même ! Avant de venir échouer par ici corps et biens, il a fait sa charge de saletés par le monde ! Et son père avant lui !

Quand Margarita, la tête sur l'oreiller, contait à Lucien ces ragots, il se mettait en colère.

– Comment peux-tu répéter des sornettes pareilles ?

Car au fur et à mesure que le temps passait, les semaines s'ajoutant aux semaines, Lucien oubliait les raisons d'abord toutes idéologiques de son intérêt pour Francis Sancher et se prenait tout bonnement d'affection pour lui. C'était le grand frère et le jeune père qu'il n'avait pas eus, moqueur et tendre, cynique et rêveur. Lors du soi-disant viol de Mira et de la séduction de Vilma, Francis Sancher n'eut pas de défenseur plus zélé que lui :

– Dans ce pays, la vie sexuelle de tout homme est un marécage dans lequel il ne fait pas bon mettre le pied. Pourquoi prétendez-vous assécher celui-là ?

Et de rappeler à tout un chacun les filles engrossées, les vierges dépucelées, les enfants sans papa reconnu qu'il avait semés à tout vent.

Les relations entre Lucien et Francis Sancher ne furent pas du goût de tout le monde. Les Patriotes habitant la région trouvèrent le moyen de s'en offusquer et de se plaindre. Voilà que l'éditorialiste de Radyo Kon Lambi au lieu de prêcher l'exemple fréquentait un personnage douteux. Car, en ajoutant deux à deux, on pouvait se faire une idée certaine de la trouble biographie de Francis Sancher. En conséquence, Lucien fut convoqué devant un véritable Tribunal et invité à s'expliquer, ce qu'il fit :

– Messié, kouté ! Longtemps, j'ai cru comme vous qu'il fallait manger patriote, boire patriote, baiser patriote ! J'ai divisé le monde en deux : nous et les salauds. Je m'aperçois aujourd'hui que c'est une erreur. Erreur. Il y a plus d'humanité et de richesse dans cet homme-là que dans tous nos faiseurs de discours en créole.

A la suite de cela, qui ne plut pas, l'émission « Moun en tan lontan » fut interrompue, mais Lucien s'en moquait pas mal, suspendu qu'il était presque chaque soir aux lèvres de Francis Sancher :

– La terre était sèche, blanche sous la lune. Nous savions que la mort pouvait venir de tous les côtés et nous l'attendions, fatalistes. Moi, yeux fermés, je me faisais mon cinéma et je revoyais le visage d'une femme, rencontrée un jour de Carnestolado Fiesta à Sinaloa.

– Une femme? Je croyais que tu n'aimais pas les femmes.

– Je t'ai dit que je m'en méfie, ce n'est pas pareil. J'ai embroché plus de femmes que tu n'y arriveras jamais, même en vivant jusqu'à cent sept ans. Tu sais mon plus beau souvenir? Nous avions reconquis un village. Recru de fatigue, je suis rentré dans une concession que je croyais déserte. Une fille, presque une enfant, ses seins pointaient à peine, était pelotonnée sur une natte. À ma vue, elle a eu un cri de frayeur. Je sens encore dans mes narines l'odeur de son sang vierge.

Cartésien, Lucien interrogeait :

– Où cela se passait-il? Quand tu étais en Angola?

Mais Francis Sancher était déjà loin et ne répondait pas.

Les flammes des bougies et des cierges fondant lentement dans les soucoupes dessinaient des ombres d'animaux sur la cloison. Lucien trouva invraisemblable que son ami soit là, pour une fois silencieux, à l'étroit dans cette boîte de bois mal équarri et un flot d'eau salée lui monta aux paupières. Il se rapprocha du cercueil comme si, à travers la vitre, Francis Sancher allait lui signifier qu'il mettait fin à la farce et reprenait sa place dans le monde, pour révéler ce qu'il avait caché tout au long des jours.

Vrai, la mort est surprenante! Un jour, un homme est là. Il parle, il rit, il regarde les femmes et un feu se love au creux de ses cuisses. Le lendemain, il est rigide comme une bille de bois.

Quel tribut payer à l'ami si soudainement disparu?

C'est alors qu'une idée germa dans l'esprit endolori de Lucien. D'abord timide, hésitante, comme saugrenue, elle prit bientôt ses aises et ne le laissa pas en place. Au lieu, enfant d'aujourd'hui et de la ville, de traquer des nèg mawon ou des paysans du XIXe siècle, pourquoi ne pas mettre bout à bout souvenirs et bribes de confidences, écarter les mensonges, reconstituer la trajectoire et la personnalité du défunt? Oh certes, cet idéaliste sans plus d'idéal ne lui ferait pas la partie belle! Il lui faudrait refuser le vertige des idées reçues. Regarder dans les yeux de dangereuses vérités. Déplaire. Choquer.

Et pour écrire ce livre-là, ne lui faudrait-il pas suivre son héros à la trace? Relever les empreintes qu'il avait laissées dans les chemins? Mettre ses pas dans les siens?

Europe. Amérique. Afrique. Francis Sancher avait parcouru tous ces pays. Alors ne devrait-il pas en faire autant? Oui, lui aussi, il quitterait cette île étroite pour respirer l'odeur d'autres hommes et d'autres terres. Il lui sembla que c'était l'occasion dont il rêvait secrètement depuis son retour au pays, depuis qu'il avait enterré ses forces vives et menait un combat sans issue. Ragaillardi, il se sentit l'âme d'un conquérant en partance pour une grande aventure et jeta un regard triomphant autour de lui.

Il se vit édité par une grande maison de la Rive Gauche, salué par la presse parisienne, mais affrontant la critique locale :

– Lucien Evariste, ce roman-là est-il bien guadeloupéen ?

– Il est écrit en français. Quel français? As-tu pensé en l'écrivant à la langue de ta mère, le créole?

– As-tu comme le talentueux Martiniquais, Patrick Chamoiseau, déconstruit le français-français?

Ah, il saurait bien leur répondre, les pourfendre!

Une saine impatience se coula brûlante dans ses veines. Son regard parcourut fiévreusement la pièce où les prieuses s'assoupissaient, à force, le chapelet mollement retenu par les doigts, les lèvres articulant pâteusement :

« Nous te louons, ô Dieu, nous célébrons
Tes louanges
Et ton nom est présent parmi nous.
Tous racontent tes merveilles. »

C'est alors qu'Emile Etienne, l'Historien, qui s'était pudiquement tenu dehors avec les hommes, entra, la lueur des bougies se réfléchissant sur son grand front déplumé. Il se saisit du rameau, le trempa dans l'eau bénite et en aspergea maladroitement le cercueil. Dans sa hâte, Lucien faillit s'approcher de lui et le sommer de révéler tout ce qu'il savait de Francis Sancher. Ce que les gens racontaient était-il vrai? Avait-il été son confident? Lucien se retint de justesse, jetant à Emile Etienne un coup d'œil menaçant que celui-ci ne parvint pas à s'expliquer, car, ayant souvent collaboré à « Moun an tan lontan », leurs relations étaient excellentes.

MIRA

Même si je me résigne à ne pas savoir qui il était, Quentin, lui, mon fils, n'en fera pas de même.

Il partira comme Ti-Jean et parcourra le monde à cheval, piétinant le sol des sabots de sa haine, s'arrêtant dans chaque case, dans chaque masure, dans chaque habitation pour demander :

– Ou té konnet papa mwen [1]?

Il entendra, recevra toutes qualités de réponses. Les uns lui diront :

– Aïe, c'était un vagabond qui est venu enterrer sa pourriture chez nous! On ne sait même pas si c'était un Blanc, un Nègre, un Zindien. Il avait tous les sangs dans son corps!

Les autres :

– C'était un fou qui déparlait, déparlait!

D'autres encore :

– C'était un maléficier qui a kimbwazé deux de nos plus belles jeunesses! Un rien-du-tout, je te dis!

Alors, moi, je dois savoir la vérité.

1. Tu connaissais mon père?

Je ne descendrai plus jamais à la Ravine. Elle aussi m'a trahie. Comme Rosalie Sorane, ma mère, qui m'a laissée dans la solitude au premier jour du monde. Le fruit qu'elle m'a donné pour apaiser la faim de mon cœur était, en réalité, un fruit empoisonné.

Moi, Mira, la sauvageonne sans col ni licou, je ne savais pas qu'il y a plaisir à servir, donner, voire s'humilier.

Il se moquait de moi :

– Femme, on t'a appris comme dans toutes les bonnes familles qu'on retient les hommes par le ventre. Moi, je te dis que rien de rien ne me retient. Ni la tête, ni le cœur, ni le ventre, ni le sexe. Rien. Je ne fais que passer. Tu sais, avant toi, je n'avais jamais baisé une femme plus d'une fois, de peur qu'elle ne me retienne prisonnier de ses cuisses.

Debout sur la galerie, il promenait ses yeux sur l'horizon :

– Je voudrais que ce petit volcan qui vous fait tellement peur et que vous guettez chaque matin retrouve sa vigueur des commencements et pète. PÈTE. Un soleil, plus soleil que le soleil, jaillirait de sa bouche-cratère. Des cendres soufrées aussi et nous mourrions tous. Tous ensevelis sans avoir le temps de dire ouf. Mourir tout seul, mourir une seule et unique fois, voilà ce qui est horrible!

Je protestais :

– Pourquoi parles-tu toujours de mourir? Tu es campé sur tes deux pieds comme un mapou.

Je n'amenais pas le sourire sur sa bouche et il secouait la tête :

– Moi mapou? Si je te racontais la vérité, tu t'enfuirais en quatrième vitesse.

– Dis-la-moi, la vérité!

Mais il ne prononçait plus un mot. Et, au jour d'aujourd'hui, je ne sais rien. Alors, moi, je dois découvrir la vérité. Désormais ma vie ne sera qu'une quête. Je retracerai les chemins du monde.

Je devine les calculs qui se font tumultueux dans les têtes. Mon père s'imagine qu'après ce malheur dont le Bon Dieu a été généreux je baisserai les yeux devant lui et passerai mes jours dans l'expiation. Je deviendrai un zombie à la table des repas, mettant la main sur la bouche de mon enfant pour étouffer sa voix. Aristide, quant à lui, pense que je reprendrai comme si de rien n'avait été le chemin de son lit. Dinah, elle, que je grossirai le troupeau bêlant de celles qui ne paissent qu'à bonne distance de leur berger. Il n'en sera rien. Ils se trompent les uns et les autres.

Ma vraie vie commence avec sa mort.

ÉMILE ÉTIENNE,
L'HISTORIEN

« C'est à croire que les hommes gardent au creux de leur tête un fond de déraison. Ni l'instruction ni l'éducation n'en viennent à bout. Voilà un homme qui n'avait rien à craindre de rien et qui est mort, par peur de sa mort. »

Emile Etienne ayant philosophé ainsi songea qu'il avait un bon bout de route à faire jusqu'à Petit Bourg et s'approcha du cercueil. Il avait gros cœur, car il était fort attaché à Francis Sancher. L'enterrement serait une ennuyeuse formalité au cours de laquelle chacun suant dans ses habits de dimanche sous le soleil de trois heures de l'après-midi n'aurait qu'une idée : en finir, rentrer chez soi. C'était maintenant qu'on cessait de faire route ensemble.

Emile Etienne aspergea le cercueil d'eau bénite, pensant que c'était bien la première fois qu'il voyait son ami silencieux, immobile, lui qui vivait dans le bruit de la parole. C'est ainsi qu'il avait fait sa connaissance « Chez Christian », attablé au comptoir et buvant son sec comme un habitué tout en déclamant :

« Amitié du Prince !

Je reviendrai chaque saison avec un oiseau vert et bavard sur le poing ! »

Les gens se poussaient du coude. Quant à lui, il s'était étonné, car il connaissait par son nom, celui de son père et celui de son grand-père, chaque habitant de Rivière au Sel :

– D'où sort-il, celui-là ?

Haut Ferdinand avait pouffé de rire :

– C'est lui qui a acheté la propriété Alexis.

La propriété Alexis, Emile Etienne s'y était fort intéressé quand les gens avaient commencé à raconter qu'il s'y passait de drôles de choses et qu'elle était sûrement hantée par les esprits des anciens. Toutefois, en consultant ses notes, il avait jugé l'affaire peu crédible. Son arbre généalogique ne présentait en effet aucun intérêt. C'est vers 1920 qu'un magistrat de La Pointe, un métropolitain du nom de Perier du Marcilhac, avait acheté deux ou trois mille mètres carrés de terre et s'était fait bâtir une petite maison de changement d'air.

Pas plus alors qu'aujourd'hui, Rivière au Sel n'avait bonne réputation. Situé en pleine forêt hygrophile, le coin était pluvieux. Endeuillé, le sable de la plage la plus proche, celle de Viard, n'attirait pas les baigneurs qui filaient vers le soleil et l'or de la Grande-Terre. Est-ce pour cela que Perier du Marcilhac n'y avait pas fait long feu ? Deux ans plus tard, il revendait son bien à Juste Alexis, instituteur à Petit Bourg. En ce temps-là, les instituteurs tenaient le haut du pavé et Juste se carrait avec sa femme dans son banc d'église et marchait à sa suite vers la Table Sainte en faisant claquer triomphalement ses talons. C'est ce qu'Emile Etienne avait répondu à Francis Sancher quand ce dernier, l'ayant entendu appeler « l'Historien », s'était approché de lui.

Francis Sancher avait paru déçu et avait insisté :
– Existe-t-il une Habitation Saint-Calvaire dans les parages?
Emile Etienne avait considéré la question :
– Saint-Calvaire? Pas que je sache. Tout de même, je vais vérifier. Es-tu historien, l'ami?
Francis Sancher avait éclaté d'un rire amer :
– Moi? L'histoire, c'est mon cauchemar.
C'est de manière toute fortuite que la mouche de l'histoire avait piqué Emile Etienne, infirmier de profession. Chaque jour, il montait à Dillon enfoncer une seringue dans la fesse de Fleurival Fleuret, un octogénaire qui jour après jour l'assourdissait de son verbiage quand soudain, sans trop savoir pourquoi, il y avait prêté attention :
– Tu veux dire que tu as été à Madagascar?
– Comme tu m'as entendu! Je travaillais au « Foyer du Malgache », rue de Rennes à Paris et un des pensionnaires qui rentrait chez lui, m'a invité à l'accompagner. Et hop, me voilà parti! Quelques années après mon arrivée, la guerre éclate. Des soldats blancs, des tirailleurs sénégalais...
Médusé, Emile Etienne buvait ses paroles. Il se rappelait ses tristes leçons d'histoire, le défilé monotone des batailles perdues, gagnées. Pourquoi n'abordait-on pas les choses de tout autre manière, restituant les témoignages éventuels, faisant revivre les faits?
C'est de ce désir qu'était né « Parlons de Petit Bourg ». Deux années de travail, une fois piqûres et massages terminés. Deux années à courtiser les vieillards, à traquer leur parole rétive. C'est aussi toutes ses économies qu'il avait versées à l'imprimeur Deschamps.
Hélas, comme c'était à prévoir, les diplômés de La Pointe s'étaient gaussés de l'ouvrage, relevant coquil-

les et impropriétés de style et Emile Etienne n'en avait vendu qu'une cinquantaine d'exemplaires à ses plus fidèles patients, les autres allant jaunir sur les rayons de la Librairie Générale. Blessé au plus profond, Emile Etienne, nouant et dénouant ses garrots, rêvait de revanche.

Quand Christian avait mis tout le monde à la porte, Francis Sancher avait invité Emile Etienne à terminer la nuit chez lui, ajoutant d'un air mystérieux qu'il voulait lui montrer certains documents.

Chantant « Faro dans les bois », ils avaient descendu le chemin bras dessus, bras dessous. Une fois rendus, la bouteille de rhum entre eux, Francis Sancher avait tiré d'une malle de vieux papiers, lettres, titre de propriété datant de 1790 d'une Habitation-sucrerie de cinq cents hectares sise à Saint-Calvaire, Petit Bourg, délivré à un certain François-Régis des Sallins ainsi qu'une mince brochure sans nom d'auteur, éditée par John Russel Smith à Londres en 1862 et intitulée *Wonders of the Invisible World*[1].

En feuilletant cette dernière, Francis Sancher avait soufflé :

– Tu as là toute l'histoire de ma famille, écrite par un descendant qui croyait échapper au châtiment en se réfugiant outre-Manche. Hélas, il est crevé à ses cinquante ans, lui aussi, d'un mystérieux saignement de nez.

Emile Etienne, ne sachant pas l'anglais, avait demandé à Francis Sancher de lui servir de traducteur. Francis Sancher s'était acquitté de cette tâche et Emile Etienne avait haussé les épaules :

– Soyons sérieux. Tu ne vas pas me dire que tu prends à la lettre toutes ces bêtises? C'est le génie

1. *Merveilles de l'Invisible.*

populaire qui s'exprime ainsi et c'est bien ce qui fait son caractère unique et précieux!

Dès lors, quand ils s'étaient revus, les deux hommes n'avaient plus abordé ces sujets. De temps en temps, Emile Etienne raillait Francis Sancher, le surnommant moqueusement « le Maudit » ou le taquinant quand il le voyait dresser l'oreille, fixer un point dans l'espace, s'agiter sans cause :

– Allez, raconte-nous! Qu'est-ce que tu vois à présent?

S'étant aperçu de l'effet que le pauvre Xantippe produisait sur Francis Sancher, Emile Etienne ne l'appelait pas autrement que « le Messager » et se moquait, soutenant que Xantippe avait bien une tête à sortir de l'autre monde. En fait, quand ils étaient ensemble, Emile Etienne parlait surtout de lui. De sa grande ambition :

– Je voudrais écrire une histoire de ce pays qui serait uniquement basée sur les souvenirs gardés au creux des mémoires, au creux des cœurs. Ce que les pères ont dit aux fils, ce que les mères ont dit aux filles. Je voudrais aller du Nord au Sud, de l'Est à l'Ouest recueillir toutes ces paroles qu'on n'a jamais écoutées...

Francis Sancher approuvait :

– Qu'est-ce qui t'en empêche?

Oui, qu'est-ce qui l'en empêchait en vérité?

Regardant le cercueil, Emile Etienne eut soudain honte de sa lâcheté. Qu'est-ce qui lui faisait peur? Les railleries des cuistres? Il se sentit plein d'un courage immense, d'une énergie nouvelle qui coulait mystérieuse dans son sang.

Oui, dès le lendemain, il se mettrait à l'ouvrage. C'était la promesse qu'il faisait à son ami et qui les garderait unis par-delà la mort. Il s'agenouilla. Au bout d'un instant, les yeux en eau, il se releva et sortit sur la galerie. Au milieu des éclats de rires, Jernival, le menuisier, racontait comment, ayant bu une décoction de bois bandé, il avait bandé! Aïe, il avait bandé!

Emile Etienne jeta un regard de reproche à toutes ces faces de rieurs, remarqua au milieu celle pierreuse, impénétrable, de Xantippe et s'étonna de sa présence. Le bougre se tenait toujours à l'écart de tout et de tous, errant silencieux et muet comme un zombie, surgissant là où on s'attendait le moins à le voir. Emile Etienne, dont le père avait été cultivateur et qui avait grandi dans les tomates et les gombos, avait remarqué que sur le bout de terre qu'il squattait il avait planté un vrai jardin créole, à la manière oubliée des vieux. De ce fait, il avait tenté de l'approcher avec un magnétophone. Mais il n'en avait rien tiré que des borborygmes intraduisibles.

Emile Etienne salua de la tête les pères offensés, Loulou Lameaulnes et Sylvestre Ramsaran, puis regarda au-delà du périmètre éclairé par les ampoules électriques. Pas d'embellie. Le vent, la pluie continuaient leurs tristes facéties et la lune se cachait derrière un muret de nuages noirs. Il se dit qu'il allait conduire avec prudence. Deux jours plus tôt, un car de touristes avait plongé dans la rivière Moustique, ce qui avait fait la une de *France-Antilles*.

Avec les idées qui l'habitaient, c'était moins que jamais le moment de mourir. Quel titre donnerait-il à ce monument qui justifierait sa vie? Des mots voltigèrent dans sa tête. Cette fois, il se battrait, il s'imposerait. Et quand il leur aurait montré, à ces prétendus diplômés, de quoi il était capable, il leur tournerait le dos. Partir. Enfin!

Emile Etienne se rappela son enfance sans joie de petit Nègre noir, sorti du ventre d'une malheureuse, assis aux derniers bancs de la classe, du C.P. au C.M.2. Son adolescence morose. Aux bals de « La Flamme », les filles se cachaient de lui et le surnommaient « Sirop Batterie ». A coups de bourses et de sacrifices de sa mère, Estella, il était tout de même arrivé jusqu'au baccalauréat. Mais là, Estella n'en pouvant plus, il avait dû à son tour venir en aide à sa sœur Bergette et à son frère Rosalien. C'est de la terrasse payante des visiteurs qu'il avait vu s'envoler les avions du Raizet. Il s'était contenté d'études d'infirmier et depuis il sillonnait la région de Petit Bourg, aussi familier à tous au volant de sa Peugeot que Moïse dans sa camionnette jaune.

Partir. Respirer un air moins confiné. Il lui sembla soudain qu'il étouffait sous les grands arbres et il rêva d'une terre où l'œil ne se cognerait pas aux mornes, mais suivrait la courbe illimitée de l'horizon. Une terre où quoi qu'on en dise la couleur de la peau n'importerait pas.

Une terre-terre fertile à labourer.

XANTIPPE

J'ai nommé tous les arbres de ce pays. Je suis monté à la tête du morne, j'ai crié leur nom et ils ont répondu à mon appel.

Gommier blanc. Acomat-boucan. Bois pilori. Bois rada. Bois trompette. Bois guépois. Bois d'encens. Bois pin. Bois la soie. Bois bandé. Résolu. Kaïmitier. Mahot cochon. Prune café. Mapou lélé. Arbre à lait. Malimbé.

Les arbres sont nos seuls amis. Depuis l'Afrique, ils soignent nos corps et nos âmes. Leur odeur est magie, vertu du grand temps reconquis. Quand j'étais petit, ma maman me couchait sous l'ombrage de leurs feuilles et le soleil jouait à cache-cache au-dessus de ma figure. Quand je suis devenu nèg mawon, leurs troncs me barraient.

C'est moi aussi qui ai nommé les lianes. Siguine rouge. Siguine grand bois. Jasmin bois. Liane à chique. Liane à barrique. Liane blanche des hauts. Les lianes aussi sont des amies depuis le temps longtemps. Elles amarrent corps à corps. Igname à igname.

J'ai nommé les ravines, sexes grands ouverts, dans

le fin fond de la terre. J'ai nommé les roches au fond de l'eau et les poissons, gris comme les roches. En un mot, j'ai nommé ce pays. Il est sorti de mes reins dans une giclée de foutre. Longtemps, j'ai vécu ma vie, au creux des ananas bois, remplissant mon ventre de la sève des arbres. Parfois, j'étais fatigué de planer sur ces perchoirs et je descendais dans les savanes parmi les cannes en fleur. Je donnais mon dos aux hauteurs et je poussais vers la mer, recherchant les côtes basses, vaseuses que ronge l'eau braque des culs-de-sac marins. Je n'aimais que le sable noir, noir comme ma peau et le deuil de mon cœur.

Dans le temps d'autrefois, j'ai vécu avec Gracieuse. Gracieuse. Négresse noire. Canne Kongo juteuse. Malavois à écorce brodée. Tu fondais sous le palais de ma bouche

Un jour, je lavais mes hardes à la rivière quand elle est venue devant moi, un tray en équilibre sur la tête. Elle a eu un rire de gorge et m'a dit :

– Est-ce que c'est un travail pour un homme, celui que tu fais là?

J'ai répondu :

– Effectivement non. Mais je n'ai pas de femme. Veux-tu être celle-là?

Elle a ri aux éclats pour saluer la vie qui s'annonçait. Combien d'années passèrent, les unes derrière les autres, poussant devant elles leurs douze mois?

La journée, je plantais comme avant moi mon père et mon grand-père et la terre me donnait tous les trésors de son ventre. Le soir, je me couchais sur l'oreiller de satin des seins de Gracieuse, je me noyais dans l'eau salée de ses cuisses et nos enfants naissaient, parfois par deux à la fois, solides et parés pour demain. Mais le bonheur n'est jamais qu'une parenthèse dans l'océan sans mesure du malheur.

Un matin, je m'éveillai dans la clameur des porcs qu'on égorge. C'était le jour de Noël et les bouchers assassins essuyaient leurs mains rouges aux feuilles de bois d'Inde. Les femmes lavaient les boyaux à la rivière. J'en avais le cœur retourné et, pour ne pas voir ce spectacle, je pris ma serfouette et descendis dans la savane tandis que Gracieuse se moquait :

– Es-tu bête? Est-ce que ce n'est pas ainsi que nos parents ont toujours fêté Noël? Préfères-tu les dindes surgelées dans les magasins?

Je ne répondis rien.

Sur le coup de trois heures, l'odeur de la fumée remplit mes narines. En même temps, un bruit sourd s'élevait pareil à celui que fait la ravine quand elle découche de son lit en saison d'hivernage. Je relevai la tête, essuyant la sueur de mon front, et je vis flamber le morne. Le temps de réaliser, de jeter mes outils et de courir de toute la vitesse de mes deux jambes, ma case flambait et tout mon bel avoir était réduit en cendres.

Les gendarmes métros firent ce qu'ils avaient à faire. Ils posèrent des questions. Comme ils avaient trouvé dans les parages un bidon de kérosène, ils en conclurent que j'avais des ennemis. D'après eux, tout le village me haïssait pour ma trop grande réussite et mon trop grand bonheur. Depuis ce jour, j'ai traîné mon corps sur les chemins défoncés de l'existence. J'ai vu ce pays changer.

J'ai vu les Blancs s'enfuir en grand désordre dans les tourbillons de fumée des plantations. J'ai vu les Nègres en joie donner dos à la gratelle de la canne et se presser dans les chemins menant aux villes. Les femmes les regardaient partir, essuyant l'eau de leurs yeux et berçant les bâtards, sachant quand même dans le secret de leurs cœurs que cette liesse ne durerait pas et que, sous peu, la misère les ramènerait au bercail. J'ai vu s'ouvrir les écoles et, n'en croyant pas mes oreilles, j'ai entendu les enfants chantonner : « Nos ancêtres les Gaulois... »

J'ai vu arriver la lumière et les poteaux électriques, les routes goudronnées, le béton, les voitures roulant sur quatre roues. A La Pointe, les golomines mouraient de soif au fond des dalots tandis que le cœur des hommes devenait de plus en plus dur et mauvais, tout occupé de postes de radio et de télévision en couleurs. Quand je m'approchais des villages habités, les hommes prenaient des roches dans leurs mains pour me chasser et les femmes me criaient comme à un chien :

– Mache! Mache!

Alors je ne circulais plus qu'à la faveur de la nuit quand la lune me signifiait que la voie était libre.

Année après année, j'ai vu les bananiers partir à l'assaut des immortels. Les tracteurs remplacer les machettes et les gaïacs tomber raides sur la pelade de la terre. Où me cacher? Où me cacher? Je courais tout partout et le soleil blessait mes yeux.

Un jour j'ai débouché d'un chemin et des arbres m'ont hélé pour me donner de l'ombrage. J'ai obéi et je me suis rencogné dans la touffeur retrouvée de leurs aisselles. Je me suis garrotté avec les lianes. J'ai suffoqué de bonheur. Dès que le soleil avait commencé son voyage de l'autre côté du monde et que la noirceur pesait de son poids sur toute chose, je descendais au fin fond de la Ravine. Caché sous les roches, je devenais cheval à diable pour écouter la chanson de l'eau.

Rivière au Sel, j'ai nommé ce lieu.

Je connais toute son histoire. C'est sur les racines en béquilles de ses mapous lélé que la flaque de mon sang a séché. Car un crime s'est commis ici, ici même, dans les temps très anciens. Crime horrible dont l'odeur a empuanti les narines du Bon Dieu. Je sais où sont enterrés les corps des suppliciés. J'ai découvert leurs tombes sous la mousse et le lichen. J'ai gratté la terre, blanchi des conques de lambi et chaque soir dans le serein je viens là m'agenouiller à deux genoux. Personne n'a percé ce secret, enseveli dans l'oubli. Même pas lui qui court comme un cheval fou, flairant le vent, humant l'air. A chaque fois que je le rencontre, le regard de mes yeux brûle les siens et il baisse la tête, car ce crime est le sien. Le sien. Il peut dormir tranquille cependant, engrosser ses femmes, planter des fils, je ne lui ferai rien, le temps de la vengeance est passé.

Pour Gracieuse, il n'y a pas eu de cercueil, pas de veillée, pas de rhum, pas de prières. Pas de cimetière pour allonger ses os dans l'ombre. Il n'y a eu que des cendres, flocons noirs sur la terre noire calcinée. J'ai pris une poignée de cendres dans ma main. J'ai marché jusqu'à la plage. Debout sous un raisinier-pays, j'ai ouvert ma main et le vent a soufflé les cendres sur la mer. C'est depuis ce jour-là que tout se brouille à l'intérieur de ma tête et que je ne sais plus compter les jours.

Rappelle-toi mon amour sans sépulture quand nous dérivions étales sur l'écume du plaisir.

Le devant-jour

La noirceur n'eut pas sitôt avalé la silhouette dégingandée d'Emile Étienne que la pluie s'arrêta. Au même moment, le vent se leva, non pas le vent désespéré et déraisonnable qui saccage tout, mais le vent caressant dont la main rabote les aspérités et rétablit les harmonies. Ce vent-là poussa doucement dans un coin du ciel le troupeau maussade des nuages et une blancheur, insidieuse, commença de se répandre. Elle vint d'abord du côté du Gosier qui, à vol d'oiseau, se trouve en ligne droite, de l'autre côté de la baie, barrée par les hauts arbres. Puis, peu à peu, elle se répandit dans tout l'espace si bien qu'en quelques instants le ciel devint une calebasse pleine de lait. Il allait faire beau et sec. On s'aperçut alors qu'il était cinq heures du matin.

Les femmes qui avaient laissé des bébés à la garde d'une grand-mère ou d'une grande sœur songèrent qu'ils allaient bientôt se réveiller en hurlant pour le lait maternel et se levèrent en hâte. Les hommes qui avaient bu sans soif regardèrent la hauteur du rhum restant dans les bouteilles, réalisèrent qu'on était à cul sec et en firent de même.

Alors, ce fut une bousculade d'entrées et de sorties de la galerie à la chambre mortuaire, de génuflexions, de signes de croix, de « A se revoir », de « A quelle heure l'enterrement? ».

Par un de ces revirements qu'opère la mort, voilà qu'au moment de quitter Francis Sancher, on avait scrupule à le laisser couché là, dans sa prison de bois. Et qu'on se mettait à le plaindre.

Léocadie Timothée se fit l'interprète de cette volte-face en murmurant :

– Pauvre diable! Si la pluie est tombée comme ça, c'est qu'il la regrette, la vie, toute amère qu'elle est et sans jamais rien pour la sucrer.

Il y eut un chœur de soupirs d'approbation sans qu'on sût très bien si c'était le commentaire sur la vie ou le commentaire sur Francis Sancher qui faisait l'unanimité. Chacun se sentait sur le point de larmoyer, sans trop savoir ni sur qui ni sur quoi. Les gens se regardaient avec des yeux tristes, incapables soudain de bouger, de rentrer chez eux et de refaire les gestes quotidiens.

Finalement, ils s'y décidèrent à regret, pataugeant dans la gadoue tandis que des feuilles gorgées d'eau leur tombaient dans le cou et s'y collaient comme des sinapismes. Au-dessus de leurs têtes, le grand ciel se séchait peu à peu, retrouvant son bleu, et le soleil reprenait lentement sa place en son mitan.

A l'intérieur de la maison, dans l'odeur du café préparé et servi par Marina, l'affectionnée sœur de Rosa, restait un carré de fidèles. Les deux familles endeuillées. Les parents. Les amis. Là surtout, le revirement insidieusement opéré par la mort et l'approche du jour était spectaculaire. Certains, comme Loulou ou Sylvestre Ramsaran, songeant que justice avait été faite, se sentaient purifiés. Ils pourraient à nouveau aller la tête haute et regarder le monde dans les yeux. Loulou se demandait s'il n'allait pas parler à Sylvestre de cette pièce de terre qu'il convoitait en bordure de la rivière Moustique, non pas pour y planter des serres d'orchidées cette fois, mais une variété de pamplemousses venus de la Dominique, la chair plus rose et plus juteuse que ceux de la Californie. Sylvestre madré voyait bien où l'autre voulait en venir et préparait dans sa tête une offre qui saurait le décourager.

D'autres, comme Aristide, Dinah ou Dodose Pélagie n'étaient pas loin de sentir sourdre en eux une sorte d'affection reconnaissante pour celui qui leur avait donné le courage de refuser la défroque usée qu'ils enfilaient matin après matin et qui serrait aux entournures. Devant ce bouleversement, des interrogations superstitieuses naissaient en leur esprit. Qui était-il en réalité cet homme qui avait choisi de mourir parmi eux? N'était-il pas un envoyé, le messager de quelque force surnaturelle? Ne l'avait-il pas répété encore et encore : « Je reviendrai chaque saison avec un oiseau vert et bavard sur le poing »? Alors, personne ne prêtait attention à ses paroles qui se perdaient dans le tumulte du rhum. Peut-être faudrait-il désormais guetter les lucarnes mouillées du ciel pour le voir réapparaître souverain et recueillir enfin le miel de sa sagesse? Comme certains se rapprochaient de la fenêtre pour guetter la couleur du devant-jour, ils virent se dessiner un arc-en-ciel et cela leur parut un signe que le défunt n'était en vérité pas ordinaire. Subrepticement, ils se signèrent.

Secouant sa fatigue et voyant devant elle la route droite, belle et nue de sa vie, Dinah rouvrit le livre des psaumes et tous répondirent à sa voix.

LE SEREIN 11

LA NUIT 27

Moïse, dit Maringoin, le facteur 29
Mira 49
Aristide 65
Man Sonson 81
Joby 91
Dinah 101
Sonny 111
Loulou 121
Sylvestre Ramsaran 131
Léocadie Timothée 139
Cyrille, le conteur 153
Rosa, la mère de Vilma 159
Carmélien 173
Vilma 185
Désinor, l'Haïtien 197
Dodose Pélagie 205
Lucien Évariste 215
Mira 229
Émile Étienne, l'Historien 233
Xantippe 241

LE DEVANT-JOUR 247

DU MÊME AUTEUR

Aux Éditions du Mercure de France

MOI, TITUBA, SORCIÈRE, 1986 (« Folio », *n° 1929*).

PENSION LES ALIZÉS, *théâtre*, 1988

TRAVERSÉE DE LA MANGROVE, 1989 (« Folio », *n° 2411*).

LES DERNIERS ROIS MAGES, 1992 (« Folio », *n° 2742*).

LA BELLE CRÉOLE, 2001 (« Folio », *n° 3837*)

HISTOIRE DE LA FEMME CANNIBALE, 2003 (« Folio », *n° 4221*)

VICTOIRE, LES SAVEURS ET LES MOTS, 2006

Chez d'autres éditeurs

LE PROFIL D'UNE ŒUVRE, Hatier, 1978

UNE SAISON À RIHATA, Robert Laffont, 1981

SÉGOU

LES MURAILLES DE TERRE, Robert Laffont, 1984

LA TERRE EN MIETTE, Robert Laffont, 1985

LA VIE SCÉLÉRATE, Seghers, 1987

EN ATTENDANT LE BONHEUR, Seghers, 1988

LA COLONIE DU NOUVEAU MONDE, Robert Laffont, 1993

LA MIGRATION DES CŒURS, Robert Laffont, 1995

PAYS MÊLÉ, Robert Laffont, 1997

DESIRADA, Robert Laffont, 1997

LE CŒUR À RIRE ET À PLEURER, Robert Laffont, 1999

CÉLANIRE COU-COUPÉ, Robert Laffont, 2000

COMME DEUX FRÈRES, Lansman, 2007

Livres pour enfants

HAÏTI CHÉRIE, Bayard Presse, 1986, nouvelle éd. 2005

HUGO LE TERRIBLE, Éditions Sépia, 1989

LA PLANÈTE ORBIS, Éditions Jasor, 2001
SAVANNAH BLUES, Je Bouquine, *n° 250*, 2004
À LA COURBE DU JOLIBA, Grasset Jeunesse, 2006

Impression Novoprint
à Barcelone, le 30 janvier 2008
Dépôt légal: janvier 2008
Premier dépôt légal dans la collection: septembre 1992

ISBN 978-2-07-038546-1./Imprimé en Espagne.

157526